U0534596

百年中国
名人演讲

虽千万人 吾往矣

宋教仁 著

宋教仁

中国文史出版社

写在前面

过去的一百年风起云涌，波澜壮阔；过去的一百年百花齐放，气象万千。百年动荡，百年征程，百年奋斗。在这一百多年里，来自四面八方的声音响彻历史的天空，我们静心梳理，摒除派别与门户之见，甄选有助于后人多方位展望来路的篇章，于是便有了这套"百年中国名人演讲"。

聆听这历史的声音，重温这声音的历史，对于我们认识中华民族一百年来的发展脉络，景仰浩瀚天河中耀眼的先哲星辰，增强继往开来的民族文化自信，都将大有裨益。

演讲者简介

宋教仁（1882—1913），字钝初，号渔父，生于湖南省桃源县。中国近代民主革命家，中华民国初期第一位倡导内阁制的政治家。1903年8月结识黄兴，成为挚友。1904年2月25日华兴会在长沙西园正式成立，选黄兴任会长，宋教仁为副会长。11月起义抗清计划事泄未遂，潜赴日本。1905年入读日本法政大学。8月支持孙中山在日本东京成立同盟会，并担任其司法部检事长。1911年10月28日与黄兴一同抵达武昌，参与起草《鄂州临时约法草案》。1912年1月1日中华民国在南京成立，被任命为法制院院长，在任期间起草了一部宪法草案《中华民国临时政府组织法草案》。4月27日出任唐绍仪内阁的农林总长，7月辞职。7月21日当选为同盟会总务部主任干事，主持同盟会工作。8月25日成立国民党，当选为理事，并任代理理事长。1913年3月20日，在上海火车站遇刺，两日后身亡，终年三十一岁。

目 录

在武昌议和会议上的发言　1
与《亚细亚日报》记者的谈话　3
答《民立报》驻京记者问　6
与北京某报记者之谈话　8
在参议院宣布政见演说词　10
黄花岗起义周年纪念会演说词　12
同盟会本部1912年夏季大会演说词　14
答《民立报》特派员问　16
在辛亥革命周年纪念会上的演说　18
在鄂都督府之谈话　22
在国民党湘支部欢迎会上的演说　24

27 在湘省铁道协会欢迎会上的演说

30 在湖南筹蒙会成立大会上的演说

32 湘省提倡国货会农务总会工业总会商务总会木业公司联合欢迎会演说词

34 在曲园宴会上的演说

35 在国民党鄂支部欢迎会上的演说

37 在国民党鄂省交通部欢迎会上的演说

40 在国民党沪交通部欢迎会上的演说

46 在国民党浙支部欢迎会上的演说

47 在国民党宁支部欢迎会上的演说

50 中央行政与地方行政分划之大政见

在尚贤堂的演说 55

在国民党交通部公宴会上的演说 57

附　录

社会改良会宣言 59

迎袁专使遇险确情 60

恳奖刘道一公呈 62

致北京各报书 65

与国民党诸公书 67

湖南各团联合筹边会启 69

驳某当局者 71

75　答匿名氏驳词

89　代草国民党之大政见

100　遇刺后致袁世凯电

101　《中国秘密社会史》叙

103　复孙武书

107　呈袁总统辞职文

109　国民党宣言

114　祝《军事月报》文

116　江汉大学之前途

118　程家柽革命大事略

在武昌议和会议上的发言

1911 年 11 月 20 日

吾辈之目的原在共和，今满政府仍欲君主立宪，则吾辈之目的并未达，且满政府并无实行君主立宪之诚心。征诸年来事实，即可知之。此次所下立宪伪谕，皆鉴于吾国民已能将共和国家建成，不得不作此摇尾乞怜之计。吾辈若堕其计，事后下来知不复其故态。至谓已开党禁，尤属可笑。党禁之开否，视乎吾辈之实力，吾辈亦不期彼开党禁。

若兵连祸结，生灵涂炭，诚哉其言。然项城若不来战，则大局久定，断不至是。

前项城不来战，断不至兵连祸结，则不至惹起外人干涉，何至酿成瓜分之祸。

吾辈亦非主张种族革命者。征诸各处独立，满人之投诚者皆被保护已事，即可知吾辈真心。但政治革命与种族革命实有关系，不可不知。因吾辈欲建共和国体，自应推倒政府，政府既为满人，即不得不推倒少数满人。假如此少数满人能明大义，还我国权，自不见有种族革命，且不见汉奸亦多被诛乎？明乎此义，自能悉吾辈革命之真心。

民主国体与君主国体之优劣，虽因国情而定，然究可断言君主国体未必胜于民主国体。满洲以少数民族入主中国，束缚我汉人，惨杀我志士，使我汉人日就弱亡。吾族纵不言得分，亦不应戴之为君主，且彼族之握政权者，率皆毫无知识，吾族纵戴彼为君，彼亦不能强我中国服从。况夫以少数劣等民族，断不能统治多数优秀民族，征诸历史而可知者也。故吾辈以民主国体为适于吾国之情也。

至各省独立，自举都督，此为权宜之计，非不能统一也。盖各省之倡独立者，皆吾辈同志，均以救国为前提，断不至存自私自利之见。吾辈定能联络一气，组成新共和国家。现在各省均认举代表，来武昌筹商组织新政府办法，现在各省代表之已到武昌者，已不乏人，且有多省电请我黄大将军、黎都督权宜组织临时政府，以图统一者。是自招瓜分说之不足欺吾辈也。总之，望才君将此意转达项城，乞速转戈北征，驱逐胡瞒，立此奇勋，方不愧为汉族男儿。果尔，我辈当敬之爱之，将来自可被举为大统领，较诸现在之内阁总理，实有天渊之别。不然，吾辈一面当长驱北伐，一面当实行暗杀主义，后悔无及矣。

与《亚细亚日报》记者的谈话[①]

1912 年 4 月 22 日

昨日本社记者访农林总长宋教仁氏于国务院,所谈种种问题撮录于下:

一、军队问题。昨日天津某报载宋氏对于军队善后办法,主张屯田及卫戍铁路二方法,记者见面即询以前日之主张。宋氏答,唯曰某报所载颇有错误之点,余之所主张,以铁路消纳兵队,盖以之消纳于路工,非以之为卫戍也。记者又叩以屯田之策,于移民原则既多不合,而可屯之地,多在北方,今日须裁之兵,尽属南人,以南人而从事北方农业,尤为不宜之事。宋氏对于此节,颇表同意记者之言。

二、外债问题。宋氏谓今日之外债,颇含有政治臭味。日俄二国加入借资团体,可免别生枝节,足为吾国之利;或有疑其协以谋我者,则六国之他种共同利害,原不一致,

---

[①] 本文原载于 1912 年 4 月 22 日《亚细亚日报》,题为《农林总长与〈亚细亚日报〉记者之一席谈》。

此节可无虑也。记者又询以南京政府所发行之国债，果已发行若干，外间所传多数外人以低价收买之说，毕竟确否？宋氏答以外人收买之说，难保其不有此事实，唯已发行若干，则不知之耳。言毕，颇有太息之意。

三、农林政策。记者随叩以主管之农林政策。宋氏对于记者之此问，颇有谦逊之语，不似外国流之有一定标榜之政策也，并谓今日国家之所急，乃在统一南北、安置军队、整理财政诸大端，农林诸政，目前尚难着手，今日可办者，亦唯有颁布农林制度，振兴农事教育诸端而已。后又论商业之效，较农林为速，救中国今日之急，莫如振兴商业，而振兴今日中国之商业，尤以奖励土产之输出为宜，当与工商总长商量办法也。

四、上院组织法。宋氏谓今日言国会者，大都有倾向二院制度之境［景］象，唯上院组织法颇待研究。参议院多数意见，皆主张由地方议会选举。此制取代表地方，乃联邦制度之遗义，我国不取联邦制，此法即不适用，将来选举上院议员，莫如由各种公法人选出，如自治团体、商会、教会、大学堂及华侨商会等，均得选出议员，则各种社会均有代表，较为完善。此说非余个人所倡，近来欧洲学者，固多有主张此制者。

五、所属党派论。宋氏于同盟会及统一党均有关系之人，记者叩以意向，果属何党？宋氏谓统一、同盟两党，政纲本无不同，故于两党皆有关系。唯同盟会分子复杂，本非政党组织，前此勉强改为政党，原非余之本意；且同盟会多有感情用事之举，尤非政党所宜出。然感情用事，统一党人亦有不免，如将来两党均不能化除意见，余意欲于两党外另求同志，更组织一党，以为国家效力之地。

六、新闻记者招待所。最后记者乃述新闻界对于新政府之希望。于前清时代，政府一切行动，皆守秘密主义，国民与国家隔绝，政治腐败，悉原于是，在新闻界不但访事为难，且因而登载多不实在，今共和政府当力除此习。其法宜于国务院中，设一新闻记者招待所，派秘书员每日午后将会议国务事项，除应守秘密者外，悉数发表。如此不但新闻界甚得便利，即于政府政策之主张，亦不至传讹，妨碍进行。宋氏甚赞成此说，云当亟向唐总理商量妥善办法。

答《民立报》驻京记者问[①]

1912年4月28日

北京各报载,农林部宋总长提议,将盐茶二税划入该部接收。某报又载,宋总长引用私人为农部要职。二十八日下午,本社特派驻京记者往访宋君,以外间传闻相质问。据云,税务为国家正供,而盐茶尤其巨宗,此财政部性质也。农林部以振兴实业、扩充公利为目的,一切岁入之款,俱不得过问。前开阁议,所以提及此者,缘从前商家自由运盐,进步太迟,弊端百出,若收为国有,别予商家以相当之酬报,使商不折本,国税骤增,公私两尽,此亦整理财政之一端。且某所主持者,变从前运售自由制度为专卖制度,归利于国家,非攘利于农林部,以农林部性质与财政部性质不同故也。至茶之为物,乃森林一部分,如何制焙,如何销售,期在发达茶叶,揽收茶税,斯言何来?至

[①] 本文原载于1912年5月4日《民立报》,题为《农林总长之谈话》。

用人一事，余所同行之部员，大半系江浙人，必具有专门学识者，量材而器使之，不唯无南北分，亦并无新旧别，外间云云，真乃呓语。记者并以唐、赵冲突一谣问之。据云，唐与赵本无意见，而内务各司员辞职一节，赵之听其辞者，以便于往来去留，非故与唐为难，人言诚不足信。记者既退，急录其语，以释群疑。

与北京某报记者之谈话[①]

1912 年 4 月 29 日

农林总长宋教仁君到京,北京某报记者往访之,就座后首询宋君之政见。宋君答以仆现任农林一席,凡关于此项事业,正需改良拓充。我国近年非荒旱即水灾,哀黎遍地,赈济无及,良由农林腐败之故。仆既代国民负此项责任,必勉力为之,但非一朝夕所能奏功,且需款亦甚巨,深望社会之援助及记者之鼓吹。京报记者复询以借外债消息。宋君答以借外债之举,利少害多,然民国甫经成立,百废待兴,国库既无存项,各省应解常款,亦未照解,唯有借款一法,尚足略纾眉急,但须注意借款条件,须勿令有伤主权,尤须慎重用途及筹还方法,方不致有挖肉医疮之弊。至于监督及检查我国财政,系外间揣测之词,并非外人正式交涉,无容过为疑虑。京报记者又询以南京留守

----

① 本文原载于 1912 年 4 月 29 日《民立报》,原题为《农林总长之谈话》。

颇惹政界及国民注意,谓此事于统一有妨进行,未知总长有无特别意见。宋君答以留守府不过军司令部,留守不过一军,统其行政亦仅及于南京府之一部分,此亦为目下维持现状、保守治安不得已之举,盖南京现有军队既不能调来北方,复仓促不能解散,只好以留守之名坐镇而已,并无与统一政府有何抵触,仆深愿我同胞领会此意云云。

在参议院宣布政见演说词

1912 年 5 月 13 日

适顷唐总理演说之政见，其关于教育、实业、交通等者，为当取渐进主义。鄙人固同抱此见，且以为关于农林政策，尤不得不然。语曰"十年树木"，其明证也。故鄙人对于农林一项，拟以十年为期，定国家施政之大方针，并逐渐实行。夫吾国以农立国，农业之发达，颇有可观，然较之各文明国有不及者，国家关于农业之施政缺乏也。农业纯为生产事业之一，当以增加其生产力为要着。今后政府拟即以此为主义，而行种种之政策，并一以增加土地之生产力为主，而副以设备。关于农业之金融、教育等各种机关，为助长生产力，增加土地之生产力，其策有三：一曰垦土地，东西南北，土地荒废者不少，拟由政府定奖励保护之法，使人民开垦，其方针以注重农民自行经营而政府辅助之为主。一曰修林政森林之利益，已无待赘言，东北边地，宜用消极的方法，中原腹地，宜用积极的方法，均拟以新式之技术，兴修水利工事，先除害，而兴利继之。中国农民之缺点，以乏于经营农业之资力及知识为甚，故拟设立拓殖之金融机关、劝农之金融机关，以辅助农民之资力；设立学校及其他教育机关，为试验场等，以增长农民之知识。以上诸事业，按诸中国国力，颇有不能负担之势，然此皆为生产的事业，酌量输入外资，以为挹注，亦无不可。经营之法，不可不有次第，拟分数期，逐渐举行，第一期则行调查之事，第二期则定诸制度法律及诸行政机关，至于实施各事，在第三期以后矣。有不逮处，尚望诸君教正。

黄花岗起义周年纪念会演说词

1912 年 5 月

最初，同志计划进行方法各有不同。或主中央入手，如法、葡是，但在我国颇不易为；或主从地方入手，各处同时大举，是亦恐难以做到；最后决定从边远入手，故从前云、贵、广西诸义举，即缘此义而起，因复有去岁广州一役。

先是，黄克强、赵伯先等，立实行机关于香港，内分数部，或掌运输，或主联络，或谋通财与执文牍，谋甚秘密。孙中山先生、黄君克强先后到南洋美洲一带，募军饷十余万，兼购最利枪支。广州举义时，枪未运到，而各处同志来者益众，行迹颇露，卫队及警兵渐相缉探，遂决用手枪炸弹，黄君先入。原拟黄自攻督署，而以赵君攻水师营，其余分三支：一攻旗军，一守南门，一迎新军。入城事成后，则以赵君出江西，黄君入湖南，再分道各省，鼓动响应。此部署大概也。26 日，机关部得黄电，言事泄矣，请改期 27 日。又得黄电，催众往，遂于 28 日出发，到者仅一部分人，而事已一发难收矣。29日余始到，业知失败，未容展我手眼，爰探得举事时，黄君初以事泄，欲解散，多数人反对，遂仓促举发。黄君所带无百人，又大半留学生，未习战伐。攻督署时，击死卫队甚多，同志死者亦不少。继而黄君直入后堂，见不唯无人，并器具亦无之，乃知张鸣岐得信最早，已携眷潜逃，因率队外出。而各处陆军盆集，黄又击毙数人，而我之队伍已被陆军冲散，黄乃易服出城。其余未出城者，血巷战，至死气不馁。黄只身逃至一买卖铺中，伏数日始脱于难。至初四日，入城调查，死尸计七十二人。黄虽未死，受伤颇剧，余则或伤或逃，尤不可胜纪。噫，亦惨矣！

计此事失败原因有三：一、侦探李某充运军火，为平日党中最得力人，不知实乃侦探，后查明，处以死刑，枪毙之香港；二、从戎者皆文弱书生，素无武力；三、起事仓促，新军未能响应，诸同志亦多奔赴不及。有此三原因，所以失败。

但平心思之，此事究不得以为失败，盖失败一时而收效甚远也。何则？有此一番变动，遂生出三种观念：一、此番死难诸人，如此猛烈，可使一般人知同盟会非徒空谈，实有牺牲性命的精神；二、此番死义，多属青年，易激起人痛惜之心，而生倾向革命之热诚；三、政府对于此举毫无悔心，人愈恨旧政府而争欲推翻之。有此种种，故武昌一起，天下从风，岂偶然哉？虽谓诸烈士已成有圆满无上之功，未为不可也。愿诸君做事勿看眼前成败，要看后来结果，最远之成败，天下事无不可为矣云云。

同盟会本部 1912 年夏季大会演说词

1912 年 7 月 21 日

先生演说,谓诸君以总务干事相勉,恐将来有负责任。至本党进行方针,要以从建设一方切实进行,并解释"政党"二字。复及民国财政陷于极危险地位,外交边患,可决定现政府无若何措施,必无好结果。今欲补救,其法唯在我有能力之同盟会而已,并应以挽救危局为我同盟会应有之天职斯可。复述本会经历情形。在革命以前不必说,在由武汉起义,至去年冬季,因从前已经过大会报告,不必说,只说自本年正月至于今日之大略。就鄙人看来可分两大时期:第一期为正月至三月间,是为本会牺牲权利,急欲造成共和统一之时代,故总统可易,参议院可改选,国务员可解散,临时政府地点可迁移,但求达到统一之共和而后已;第二期为自三月后以至今日,是为本会对于国家负担义务之时代,故唐、蔡、王诸先生与鄙人,初本极不愿出任国事,嗣不得已,迫于时势,既毅然担任,即于借款事、裁兵事、清理财政事，皆已确有计划。后来事变忽生，唐君至不能安于其位，则吾人亦只好速自引退而已。复述本党对于统一临时政府内阁，已决定，如不能达政党内阁，宁甘退让；如可改组政党内阁，虽他党出为总理，亦赞助之。

答《民立报》特派员问①

1912年10月7日

问：陆总理辞职后，闻袁大总统甚属意于君，信乎？

答：上月二十日前后，范源濂、刘揆一二君访余，勉以国事为重，力劝余担任总理。余以组织内阁必与各国务员负连带责任，若仅更换总理，不能与各国务员一致进行，必不能成一强固之政府，且与国民党政党内阁之党议大相剌谬，故坚辞不允，俟孙、黄两先生到京后再议。

问：外间言中山到京后，袁大总统与中山商议继任总理，中山即以君对，黄克强来电亦力劝君就总理席，有是事否？

答：诚有是事。余当时坚辞决绝，其原因有二：一、因临时政府期内，为时太促，不能多所展布；二、因调和南北感情，须有威望素著之人，始能得人信仰。故力荐黄

---

① 本文原载于1912年10月7日《民立报》，题为《追记政局之变迁——宋渔父谈话》。

克强担任内阁,当时所以有黄内阁之说。

问:外间又言君在天津时,晤唐绍仪,唐君亦劝君担任总理,君又力荐黄克强,然否?

答:余至天津晤唐君,唐力劝余组织内阁。余力荐黄克强,又与黄克强、陈英士同往访唐,会议良久。余以现在大势如裁兵、借款、外交各种重要问题,非威望素著如黄君者出任总理,恐不能无他项掣肘,反于进行有碍,仍请唐君力荐黄为总理,唐、陈两君均极赞成。

问:黄克强到京,不肯担任总理,亦有故乎?

答:黄君谒见袁总统,袁亦力请黄君担任总理,黄君即绝不肯任。闻黄与孙皆注重实业,尽力于社会,故不肯担任。

问:外间言袁总统因黄不担任总理,同时提出沈秉堃、赵秉钧二人,黄均赞成。君则赞成赵,不赞成沈,其理由安在?

答:当时国民党多数不赞成沈。余不表同意于沈者,非反对个人,实恐有违党议。若沈任总理,国民党政党内阁之党议必为所破,且沈为总理,或能请各国务员均入本党,或照刘揆一自请出党,方不背本党素所主持,诚恐沈一时不能办到,又沈或提出不能得参议院之同意,于沈反有妨害。当时与章勤士同往黄处商议,黄亦深以为然,余并非不赞成沈之为人也。

问:赵亦隶国民党籍,君何以又赞成之?

答:赵虽入国民党,与袁总统实有密切关系,可云袁派内阁;且政府经验甚富,力量亦较厚于各方面,易收效,当得孙、黄两先生及国民党多数之同意,此所以赞成之也。

在辛亥革命周年纪念会上的演说

1912 年 10 月 10 日

今日为中华革命第一次纪念会之第一日,承诸君推,鄙人才薄重任,深恐不能胜任。窃以为世界有永远纪念之日三:一为美之七月四号;一为法之七月十四号;一即我中华民国之十月十号是也。革命思想为我中华民族心理中所固有,唯其发动在十年以前,先由中山先生之于广东,次由克强先生与鄙人之于湖南,然皆遭失败,于是于东京发起同盟会,创《民报》联络同志,鼓吹革命。数年以来,继继绳绳,盖如一日,故能使今日思想普及全国,一举手而成共和之大业。然当发动之初,亦曾几遭失败,后竟苦心研究,规定计划三条:第一由中央入手,即于政府所在地从事运动;第二由南方重要省会入手,即于扬子江流域各重要地点,联络军警各界,各省同时大举;第三由边地入手,盖边地为人所不注意处,从事革命,布置较易,由渐而来,未为不可。三条之中,第一条最难,第三条最易,

18

故实行之始，取其易者，此去年广州一役所由来也。

按广州之役，自革命以来，实力最可痛心。死亡诸君皆革命原动，所以如此者，以屡次革命，利用军队，而军队中人屡次泄漏消息，屡遭失败，故此次不复再用军队，当事者尽为文弱书生，革命原动。先时计划定四月初一为起事之期，于香港先设立机关，更由中山先生筹得经费四十万。其内部组织推克强先生为总理，赵声、姚雨平、鄙人等诸同志佐之，更合四川、福建、安徽、江浙诸省精锐，拟一举而下广州。自正月间先事预备，购枪械，招同志，运器具，其种种困难情形，不可言喻；香港英政府亦防范甚严。其后有同志喻云纪君，能自造炸弹，且远出外国之上，故全军供用率多仰给。于是更有姚君雨平先往省城，预为布置一切。即定约期四月一号起事，岂知至三月二十七，忽由克强先生来电，劝同志不必再来，并改期重举。鄙人等在香港，闻之深为骇异。次日克强先生又来电，促诸同志速赴广州，于是诸同志之在香港者，连夜出发。当时共分数起，有自早出发者，亦有过后一二时出发者。鄙人则在下午离港，迄次晨抵广州，探悉城门已闭，岸上守兵无数，则知事已败，心中甚为焦愤。后探悉同志死者甚少，心为稍慰。晚更悉唯有一船自广州出发，于是偕数同志同至该舟。比至，则满舟皆同志，然相见均默不发一言。其后守兵更来舟中搜□，同志之军藏暗器者，俱为捕去，救援无及，饮泣而已。诸同志既由虎口索生，遂各述所遇，始悉当时以赵君声未至，总司令由克强先生代摄，一切计划遂不克周顾。当时由克强先生率诸同志攻总督衙门，先时闻该处守兵已经说通，岂知至则出而抵拒。时同志出为陈说，然卒无效，遂两相攻击，一方更由克强先生率数同志，直入上房索粤督。讵料粤督已数日前闻信移住他处，同志等遂出。时水巡兵已遍满街市，同志多自戕，能于此船上相见而庆更生者，已非初料之所及矣。是役也，有可痛之一事，即失败之后一日，城中有一米店，匿数同志，为捕兵侦知，攻击数时，兵不敢近，后官兵将米店付之一炬，诸同志遂无一得生。此广州失败之大略情形也。

吾等计划第三箸既归失败，于是进一步策第二箸，规划湖北，更由陈君英士组织机关于上海，鄙人则从事湖南。时陕西亦有同志已组织完善，特派代表来会，协商一切，遂定乘四川铁路风潮激烈之秋，一举起义，规定湖北。时机关部设在汉口，相期以九月一号起义，讵知迄八月十九而机谋又泄，于是匆匆起事，一举而光复武昌，再举而复汉阳、汉口。克强先生更由香港赶至湖北，与清军血战。时则陈君英士光复上海，程君雪楼反正苏州。九月十八，南京第九镇统制徐君固卿攻击石城，不利，更进而合江浙省之各师联军，推徐君为联军总司令，于是再攻南京，张勋败走。时停战之约既成，议和之师南下，后更得北方响应，诸将要求退位，共和之诏遂颁，民国于以成立。

溯武昌起义以来，未及一年，而有今日者，岂非我五族同胞倾向共和，赞成民主之所致欤？夫吾等计划，前后计算均未实行，而其最后效果，竟得于一年之间达到目的，视美之十三年，法之三革命，不亦较胜十倍？则将来大势所趋，三年五年之后，其所得效果，有不能驾欧挚美者，吾不信也。

在鄂都督府之谈话[①]

1912 年 11 月 5 日

一、借款之问题。中央政府现无大借款成立之希望，唯期六国资本团尽行解散，得以借债自由为幸，因该团各银行之目的非以唯一援助主义对待中国者。日俄之破坏主义尽人皆知，现日本以中国报纸揭其隐私，彼亦办一新支那报，以谋抵制，可见其肺腑；英、美、德、法四国虽比较圆和，英国前次之垄断主义，亦渐更正，然借款中总寓有经济政治之臭味，借以吸取中国之雄厚精华也。故无论六国团变为四国团与否，绝无大借款成立之希望，而大总统以杜绝争端之故，主张自由借债为尤力。

一、省官制之问题。省官制由政府两次提出，两次撤

[①] 本文原载于 1912 年 11 月 6 日《长沙日报》，题为《宋渔父都督府中一席话》。其叙语云："宋渔父先生昨晋谒鄂督，谈中央最近之政策约数句钟，黎公甚为倾耳，大有忘餐之兴。兹将所谈各问题撮其大要，分录于左，以饷留心时务者。"

回，以各省行政、司法两方面各持意见，迄无正当解决。现经参议院复行咨催，国务院复行改修如下，折中至当，大概可以免各方面之纷争云：第一为地方之国家行政，省设总监一人，为特任官，道设道知事一人，由总统简任，县设县知事一人，由内务总长荐任；第二为地方自治团体，道为上级自治团体，县为初级自治团体。

一、划分国家税地方税之问题。国家税与地方税之分，现已渐归调和。直督先主张关税等整齐单简者归国，其余列举不尽者归地方，趋重于国家一方面。苏督倡取民用之说，划地租归省，有趋重于地方一方面。嗣经东三省调和，划分地方租几分之几为地方附加税，两方面均得其平。齐、甘等省从而附和，及附和苏督之湘、粤、浙、蜀各省，亦取消前说。现大总统已饬财政部，就调和意见编定草案，提出大概现行之税目，田赋、盐课、渔矿、契牙当及烟、酒、茶、糖各税，划为国家税，田赋附加税及商、牲畜、米等税，并船、店、房、妓各项杂捐，为地方税。至将来之新税印纸，登录遗产、登录营业所得等税，当然划归国家；家产使用物及国家不课之营业消费诸税，当然归于地方。

在国民党湘支部欢迎会上的演说

1913年1月9日

今日承本党诸君欢迎，鄙人实不敢当。唯党员须常常相见，以便交换知识，故兄弟此次回乡，极欲与诸君接洽，今得聚此，甚为欣幸。顷部长谓今日建设未能完善，实非革命初心，兄弟极以为然。今且将本党责任与国家关系略为诸君述之。

现在民国未经各国承认，于国际上非可谓之成立，然其原因，则内部未能整理之故也。国民党为同盟会所改组。同盟会成立于乙巳年，时在东京。黄克强先生主张实行，故有广东、云南等处之起事，然因财政困难，屡次失败。自从广东兵变之后，渐知新军可用，故广州之役欲联新军。然仓促之间，死事者多，咸谓当改变方法，乃在上海设立中部同盟会，谭君石屏、陈君英士及兄弟主持其事。鉴于前此之失败，乃共筹三策：一为中央革命运动，推倒政府，使全国瓦解，此为上策，然同志都在南方，北京无从着手，此非可易言者；一在长江流域同时大举，隔断南北，使两方交通断绝，制政府命脉，此为中策，然此等大举，布置不易；一在边省起事，徐图中原，然前此用之失败，斯为下策。三策之中，将谁适从？则新军如可为用，财政有人接济，中策自属可行。故阴历去岁筹款南洋，运动鄂军，遂能集事。恐满政府之倾北兵以至，则在山西布置，以牵掣之，守武胜关、断黄河铁桥，以梗塞之；恐势力单薄，则南联湘省，东联宁军，以左右之。原拟预完善，方在武昌发难，因黄先生病在香港，乃派谭先生与兄弟往鄂。适鄂省炸弹轰裂，事机败露，不得已而仓促举事。时孙武炸伤，居正乃推黎副总统主持一切。然因布置未善，北军卷地而来，遂至屡挫。幸湖南首先响应，得为后援。然汉阳之失，外人讥诮，心已北倾。南京光复之后，民军始振，顾其时出师援应者，仅有湘粤两省。幸袁总统深明时局，方能克期统一。

今民国虽成立，然破坏未极，人心上之旧习未能乘势革除，譬犹疮毒尚存，遽投以生肌之药，必不能痊愈也。现在外交、内政均无可言。以言内政，则第一财政困难，拟借外债，财政又被监督。所有一切行政，在湖南尚好，社会安宁，军队亦已退伍；他省则军队犹然林立，据陆军部调查，较前清时增至七八倍。此等军队不独难以征蒙，且多有为害地方者。又民间产业凋敝，出口货少。种种现象，言不能尽，如此而欲富强，不綦难乎？以言外交，则俄蒙协约之问题不能解决，将无宁日。然其原因实因内政不能进行，以致险象环生，群思剖割。

为今之计，须亟组织完善政府，欲政府完善，须有政党内阁。今国民党即处此地位，选举事若得势力，自然成一国民党政府。兄弟非小视他党，因恐他党不能胜任，故不得不责之国民党员。国民党之党纲，第一，统一政治。今当谋国家统一，毋使外人讥为十八国。第二，地方自治。第三，种族同化。今五族内程度文野不齐，库伦独立实由于此，欲求开化，非国民党不为功。第四，民生主义。曩者他党多讥为劫富济贫，此大误也。夫民生主义，在欲使贫者亦富，如能行之，即国家社会政策，不使富者愈富，贫者愈贫，致有劳动家与资本家之冲突也。第五，维持国际和平。方今民国初立，疮痍未瘳，以言剧战，实非易事，唯俄蒙问题，则不得不以强硬手段对付之。总之，今之要务，在整理内政，为党员者均当负责。孔子曰："当仁不让于师。"况湖南人做事勇往为各省冠。此次选举，须求胜利，然后一切大计划皆可施行。此兄弟之所希望于本党诸君者也。

在湘省铁道协会欢迎会上的演说

1913年1月9日

承铁道协会开会欢迎,感愧之至。贵会成立将近一年,其历史与组织,兄弟亦曾与闻其事,并极力赞成。

现在中国铁道力谋发达,然专恃政府提挈,似难达其目的,必须人民组织团体辅助国家之进行。中国此后如何规划,贵会想有一定办法。兄弟对于此道未尝学问,不敢多说,就大概而言,铁道第一为资本关系。现在国人有主张国有者,有主张民有者,各持一说。以现在大势所趋向,大概主张干路国有为唯一之政策。然铁路有为政治上而设者,中国地势辽阔,非有铁路联络,断难谋行政之统一;有为军事上而设者,如西北各省边防紧急,全恃铁道运送军队,资本上虽有损害,必由国家担负;有为实业上而设者,平原沃壤,农工商各界谋产业之发达,必须有铁道贯通。观在中国应注重何种,是为最大问题。就东南半壁而论,其大标准为长江流域、珠江流域,就西北各省而论,东三省铁路纵横皆为日俄所有，此外如蒙古、新疆、甘、晋等省，均相需孔殷。边防现正吃紧，将来开垦移民，舍此莫由。曩昔有由张家口至库伦之计划，假如此路早日告成，必无今兹俄库协约之发生。往者日俄之役，俄之所恃者西伯利亚铁路，然该路与吾国毗连，以空旷之地，益以湖沿低洼，竟底于成，今之战胜远东者此也。如吾国有张库路，出兵横断西伯利亚铁路，则可以制俄之死命。此理想上的事，即事实上亦当如是。

综上所言，边防上之路线非常重要，然无营利之可言，难于修筑，然国家求军事上之活动万不容已。前孙先生发表六大干线有赞成者，有待筹商者，但是孙先生对于内地经历尚少，必须考验测量乃能得其要领。就南方论，边防上如四川、云、贵等省，较北方稍易。

至于湖南，亦有二项，一干路，一支路。干线现在进行，业已认归国有，似无容再争。盖武汉首义时，黎副总统宣布，凡外国与前清所订条约，均继续有效。湘人前有不承认国有，以前清为比例，殆未尽然，在办理者之善与不善也。政府现在办法，湘人股本愿领还者听，否则仍填股票如故，大概情形如是。兄弟对此颇有意见，一方面维持国家，一方面维持人民股金，将来股东对于公司有监督之权，盖虑国有之后，人民对于铁路不能过问，股东权利未免丧失，不如承认国有之后，另设铁路参事会，监督其用人账目等事，以补助国家防弊所不及。此意前已长函通告谭督办后，又在京与谭面商，在国务院时亦已发表。现在此事究竟如何，实未得知，愿股东与政府磋商，或能达其目的。□支路应当研究□者，除由干线东接江西西联宝庆外，所注意者由长沙至辰州，再由辰州至贵州。此路匪仅一隅之关系，与干路无甚差异，由湘至黔，南方联络一气，将来实业发达可以预决。但是兄弟意见，不如就此支路再分一线，由沣州至荆州，一达四川，一达河南。盖四川号称天府之国，货物云屯，难于输出，有此支路与湘粤干线衔接，川中物产，不数日可运送香港，再由香港分送南洋各岛，商业上可与外洋各国抗衡。此路与川汉路虽同接粤汉干线，然由川至汉与由荆至湘，有弓弦之别，计运输所省时间经费不少，将来常德、沙市均为最大商埠。第二支路，黄先生与谭都督规划，由辰州通川南一线，以发达桐、茶、木、矿各项产业，使川湘联络一气，想为大众赞成。但山峦层叠，工程较难于荆沣一线也。希望贵会主张各种办法不日乐观其成云云。

在湖南筹蒙会成立大会上的演说

1913年1月11日

今日筹蒙会成立,兄弟适逢其会,无任欣慰,然又不禁感慨系之。夫数月以来,全国之奔走呼号者,皆因俄蒙协约。慨自阴历去秋革命军起,南方独立,库伦亦遂乘机而起。查库伦活佛,素为蒙人所崇拜,指甲脚皮蒙人常以至贵重之物收存之,活佛既倡独立,其势力渐至科布多,又渐至阿尔泰,又渐至内蒙之东。民国成立,俄语我国,谓当介绍取消其独立,我政府答以库伦系我领土,不必由俄介绍,遂派兵往击。库伦既败,俄又谓当担任取消其独立,唯中国不得在库伦驻兵殖民置官,我国未允,俄遂明目张胆赞助库伦。时兄弟在国民党方研究间,日本桂太郎无端回国。兄弟即往晤袁总统及赵总理,谓桂太郎之回国,必有日俄协约之问题发生,急宜预备交涉,且谓桂太郎若竟往俄,必经我国,可以地主之谊招待之,说其毋与俄约,即不听亦可探其情形。时政府漫不加意,未几而果有日俄协约，日许俄在外蒙有特别权利，俄许日在内蒙有特别权利。适桂太郎归奔日皇之丧，俄亦有革命军起，政府因益迁延，不及三月而俄蒙协约发表矣。

夫俄立国于欧亚之间，地博而瘠，专讲侵略主义，自为英法所败，封禁黑海，西方侵略之政策不行，乃转而欲东出太平洋，中出印度洋，印度洋为英所梗，遂益注意于满蒙一带。前清政府受其愚弄，彼因得东清铁路及旅顺大连湾，而欲吞并高丽。既为日本所败，南满权归日本，彼遂欲得蒙古。旋因各国共议对于中国行共同政策，一保全中国领土，一势力均等，彼遂未能实行。去年民军起义，各国甚为赞成，后因举袁总统，袁与日曾有恶感，日遂改变宗旨。及北京兵变，各国恐民国建设不能成功，亦复改变宗旨，准备对付中国，而日俄竟先着手进行。日人阴狡，不欲首破共同协约，暗嗾俄出。俄乃不存客气，公然运动库伦独立。是俄甘为戎首，我国民断不可让松一步也。且各国持冷静态度，不责俄之毁约，其意亦谓且看中国能解决此问题否，如不能解决，则亦唯有共同染指，而瓜分之祸临矣。

为今之计，唯有构造完全政府，国民出死力以为后援。闻库伦现在兵仅三千，统兵者为马贼陶什陶，并不解文明战术，若能共同一致，以武力解决，则收回领土，威慑强俄，亦筹蒙会诸君之责也，兄弟实有厚望焉。

湘省提倡国货会农务总会工业总会商务总会木业公司联合欢迎会演说词

1913年1月17日

今日承各界欢迎，兄弟实不敢当。中国初立，万端初创，实业发达而后乃能富强，所以兄弟乐而到会，与诸君研究实业。但当从经济说起，而经济又分三种：一、生产；二、交易；三、消费。人类之所需要者为衣食器用，而衣食器用或为天然产物，或为人力造成。天然生产，出于农业，人力造成者，出于工艺，其间必有商贾为之互相交易，即以其所有易其所无也。木业现虽属商业，以性质而论，则属森林，是可作消费交易生产也。

致提倡国货会，是研究消费，指导人用国货。今天各团体之关系，是可统合联起。现在经济学问，于各团体均有密切之关系，发挥尽善，是政治家关照民事之最要紧问题也。若云农业为生产之作用，不加研究不能发达，商业亦然。木业一宗为我国生产中一部分，唯只知斩伐，不讲栽植，吾恐将来尽属童山。农业一项，中国更不经心。兄弟在农林部搜查游学农业学生，不足百名，是不但政府对农业无丝毫作用，即国民亦不热心。而工业一项，中国向来无所谓工业，有之不过各人以手艺名耳。今日颇知机器之好，第不知其用，故各处工厂动辄亏折。如常德向年之纺纱公司，不数年资本荡尽，虽由于不善用机器，而中国公司之章程，历来随意订定，亦不能免无咎也。前清时所定商律，有公司一条，然极不通，极不完善，是今日办工厂，设公司，章程规律必须详细订立。

又中国无所谓银行，多以各人之资本设钱店，不知集多数资本设银行，所以各商货不能运远，价不能抬高。中国之出口货多系原料，进口货多系熟货，银钱外溢不可计算。中国现银之缺乏，皆由外人搬去也，又无保险、堆栈、航业等为之辅助，所以商业失败。今宜急求进步，挽回利权，欲挽回利权，必先从经济行政入手，如关于农事、工事、商事内，行政皆要极力施行。现在各团体皆系自立，非国家提倡。将来诸君有关于实业事项，可以直求政府设法补助进行。原今日之政府，乃共和政府也，政府应提倡补助也，如教育，如金融，皆补助实业之事也，无学问不能发明，无金融不能实行，若各界能实力研究，政府又出力以助之何愁实业不发达。实业发达，制造品多，则我们中国就可以不用外货矣，可以挽回利权矣。此种关系，非常要紧，兄弟希望各团体诸君实力做去，今日可以乐与各团体诸君研究云。

在曲园宴会上的演说

1913年1月23日

今日承黄君①之招,得逢盛会,非常欢喜,又承黄君奖饰,实不敢当。黄君本十年前旧友,受教良多,吾湘革命诸君子多蒙拥护,实令人感谢不忘。黄君具此慈善心肠,真是我中华大宗教家。顷黄君要求我辈注重党德,兄弟又代黄君要求诸君以"党德"二字,时时隐记在心。

---

① 黄君,即黄祥,曾于1913年1月23日在长沙曲园宴请宋教仁、陈家鼎、胡子敬等人。

在国民党鄂支部欢迎会上的演说

1913年2月1日

中华民国,是本党同志在孙中山先生领导之下,不避艰险,不恤任何牺牲,惨淡经营,再接再厉,才能够缔造起来的。不过民国虽然成立,而阻碍我们进步的一切恶势力还是整个存在。我们要建设新的国家,就非继续奋斗不可。以前,我们是革命党;现在,我们是革命的政党。以前,是秘密的组织;现在,是公开的组织。以前,是旧的破坏的时期;现在,是新的建设时期。以前,对于敌人,是拿出铁血的精神,同他们奋斗;现在,对于敌党,是拿出政治的见解,同他们奋斗。我们此时,虽然没有掌握着军权和治权,但是我们的党是站在民众方面的,中华民国政权属于人民。我们可以自信,如若遵照总理孙先生所指示的主义和方向切实进行,一定能够取得人民的信赖。民众信赖我们,政治的胜利一定属于我们。

世界上的民主国家,政治的权威是集中于国会的。在国会里头，占得大多数议席的党，才是有政治权威的党，所以我们此时要致力于选举运动。我们要停止一切运动，来专注于选举运动。选举的竞争，是公开的，光明正大的，用不着避什么嫌疑，讲什么客气的。我们要在国会里头，获得过半数以上的议席，进而在朝，就可以组成一党的责任内阁；退而在野，也可以严密监督政府，使它有所惮而不敢妄为，应该为的，也使它有所惮而不敢不为。那么，我们的主义和政纲，就可以求其贯彻了。

现在接得各地的报告，我们的选举运动，是极其顺利的。袁世凯看此情形，一定忌剋得很，一定要钩心斗角，设法来破坏我们，陷害我们。我们要警惕，但是我们也不必惧怯。他不久的将来，容或有撕毁约法背叛民国的时候。我认为那个时候，正是他自掘坟墓、自取灭亡的时候。到了那个地步，我们再起来革命不迟。

在国民党鄂省交通部欢迎会上的演说[1]

1913年2月10日

国民现方陷于困苦之中,诚为可悯。据鄙见观之,方今中国不独人民可悯,即政府一方面更属可悲。自民国成立,迄今二载,纵观国事,几无一善状可述。今日时间短促,不能多言,姑就内政与外交约略陈之。

夫内政亦多端矣,而其最重要者莫如财政。中国财政之状况,其紊乱已达极度,政府对于财政之将来全无丝毫计划,司农仰屋,唯知倚赖大借款,以为补苴弥缝之术。外人见此景象,遂百计要挟,以制中国之死命,如要求以盐款为抵押是也,不知盐税为中国财政上最大问题,国民生活上直接之关系,无论何种税项,其影响多仅及于一部分之人民,而盐税则自大总统以及细民,无一人可逃出其范围之外,外人洞悉此中情节,故要挟以此作抵,万一政

---

[1] 本文原载于1913年2月13日《民立报》,题为《宋遁初之危言》。

府无善法以规其后，则将来危险之所及，诚不知伊于胡底。而自政府一方面视之，则财政上之计划如何，直可谓无计划而已，无论此二千五百万镑之借款未见成功，即令一旦借成，而其所能支持者，仅至今年七八月间为止，试问七八月以后，又将何以处置？政府今日对于此种问题盖全未着想，殆以临时政府期近，敷衍了事，以塞国民之责，不惜以万难收拾之局贻之后人，此则政府罪无可逭之处也。

以言外交，则外交不堪问矣。自库俄事件发生以来，国人嚣嚣然群起诘责，而荏苒至今，将及一载，不闻有当解决之法。慨自甲午、庚子而后，我国即有召亡之实，而所以保持至今未见瓜分者，徒以列强均势之局未破故也。前岁革命军起，列强袖手旁观不发一矢者，亦以均势为之限制故。不谓南北统一，共和告成后，反不能维持此局，延及今日，岌岌乎有破裂之势，是谁之罪欤？溯自去岁三四月后，库伦事起，桂太郎往俄缔结第三次协约，兄弟彼时亦在北京，见事情重大，曾屡次警告袁总统及赵总理，促其从速设法解决此问题，意谓一日不解决，一日加重，将来不知其所极，与其后来溃烂不可收拾而始讲救济之方，不若趁俄人要求未熟，以迅雷不及掩耳之手段遏其野心勃勃动机较为有济。无知说者谆谆，听者藐藐，至今日外蒙将非我有，而政府犹日处歌舞太平之中，不知是何思想。蒙古有失，驯至全局堪危。阅近日报章，藏警又告，转瞬日英中国领土保全之约将视同刍狗，而中国危矣。推原祸始，责有攸归。

今也，正式国会行将成立，据各方面报告，此次国民党大占优胜,此为最可喜之现象,将来国会成立,国民党员必能占大多数无疑,扶危济倾,端在我党有志之士。汉口为中国交通之中心点,地极重要。今交通部既已有基础,将来本党之进行,必大有可观。尚望今日到者诸君挟其坚忍不挠之力,以扶持国家于不坠,是则兄弟所馨香祷祝者也。

在国民党沪交通部欢迎会上的演说[①]

1913 年 2 月 19 日

今兄弟拟提出两大问题，与诸君磋商，而亦吾党今日所亟当研究者，愿为诸君言之。

今中华民国二年矣。中华民国成立虽届二年，而一切政务，多使国民抱种种之失望，而国民此种种之失望，吾国民党要不能不负其责。盖当同盟会政府时代，事在草创之始，及统一政府成，而吾党又不免放弃监督之天职也。故吾党从今而后，宜将国民所以失望之点为之补救，而使国民得一一慰其初愿，此吾党所抱之大决心者也。

夫国家有政治之主体，有政治之作用，国民为国家政治之主体，运用政治之作用，此共和之真谛也。故国民既为国家之主体，则即宜整理政治上之作用，天赋人权，无可避也。今革命虽告成功，然亦只可指种族主义而言，而

[①] 本文原载于 1913 年 2 月 20—21 日《民立报》，题为《宋钝初先生演说辞》。

政治革命之目的尚未达到也。推翻专制政体，为政治革命着手之第一步，而尤要在建设共和政体。今究其实，则共和政体未尝真正建设也。故今而欲察吾国今日为何种政体，未能遽断，或问吾国今日是共和政体否，亦难于猝答也。此其以根基未固，而生此现象。今临时政府期限将满，约法效力亦将变更。至于正式政府成立以后，如能得建设完全共和政体，则吾人目的始可云达到一部分也。

夫政府分三部，司法可不必言，行政则为国务院及各省官厅，立法则为国会，而国会初开第一件事，则为宪法。宪法者，共和政体之保障也。中国为共和政体与否，当视诸将来之宪法而定，使制定宪法时为外力所干涉，或为居心叵测者将他说变更共和精义，以造成不良宪法，则共和政体不能成立。使得良宪法矣，然其初亦不过一纸条文，而要在施行之效力，使亦受外力牵制，于宪法施行上生种种障碍，则共和政体亦不能成立。此吾党所最宜注意，而不能放弃其责任者也。讨论宪法，行政、立法、司法三权应如何分配，中央与地方之关系及权限应如何规定，是皆当依法理，据事实，以极细密心思研究者。若关于总统及国务院制度，有主张总统制者，有主张内阁制者，而吾人则主张内阁制，以期造成议院政治者也。盖内阁不善而可以更迭之，总统不善则无术变易之，如必欲变易之，必致摇动国本，此吾人所以不取总统制，而取内阁制也。欲取内阁制，则舍建立政党内阁无他途，故吾人第一主张，即在内阁制也。

又若省制问题，纷扰多时，有主张道制者，有主张省制者，姑不具论，又一派主张省长归中央简任者，而予则不赞成。盖吾国今日为共和国，共和国必须使民意由各方面发现。现中央总统国会俱由国民选出，而中央以下一省行政长官，亦当由国民选举，始能完全发现民意，故吾人第二主张，即在省长民选也。

今又有倡集权说者，有倡分权说者，然于理论，则不成问题，今姑从实际着想，准中国情形立论，有若干权应属诸中央者，有若干权应归之地方者，如是，故吾人主张高级地方自治团体当界以自治权力，使地方自治发达，而为政治之中心。夫自治权力，本应完全授之下级地方自治团体，而在中国习惯，则下级地方自治团体，如县、乡、镇之属，与国家政治关系甚浅，故顺中国向来之习惯，而界高级地方团体以自治权，与国情甚吻合，而政治亦得赖以完全发达也。故分权与集权之界说，不可仅从学理上之研究，如立法权自应属之中央议会，而地方亦当有列举之立法权，如此则既非联邦制，又非完全集权制矣。如行政权之军政、外交，纯为对外关系，当然集于中央，司法宜有划一制度，交通、财政，其权均中央所有者，多而余则可分诸地方者也。此皆关于政体之组织也。

至于政治组织言之，可为太息痛恨。政治组织，大别之为内政、外交。以言外交，则中华民国建立以来，可谓无一外交，有之则为库伦问题。而库伦问题，悬搁已久，民国存亡，胥在于此，然至今尚未得一正当解决。吾国民于此，当知此问题之重大，亟宜觉醒，盖政府于此问题无心过问，即当然属于国民之责任也。忆鄙人七八月间在北京时，库约尚未发生，当即以桂太郎游俄之目的，与满蒙之危机，说诸政府，亟为事前之筹备，而总统等狃于目前之安，置之不问。及至俄库私约发生，而政府亦无一定办法。吾人试思《俄库条约》与《日韩条约》有异乎？无异乎？韩既见并于日矣，而库伦岂不将见并于俄耶？夫使库伦沦亡而得以专心整理内治，犹可说也，无如库伦既失，而内政之不治如故也，此大可以破政府之迷梦也。

夫曩者列强对于中国问题，倡保全领土、机会均等之说，姑无论究出于诚意与否，而此所谓保全领土、机会均等之说，实足以维持中国之现状，故中国以十年以来，外交界即少绝大之危险，职是故也。故今日中国所应出之外交政策，当使列强对于中国此等关系维持不变，而维持之道又非出以外交手腕不为功。政府不特无此外交之手腕，并不知维持此种外交之关系，故中华民国之外交，直毫无进步也。夫列强之保全中国领土及机会均等之主义见之于《日俄协约》《英俄协商》，互相遵守，不敢违畔，殆时局变迁，此主义已渐渐动摇，不过尚无机可乘，得公然违反其所恃之主义。今以政府之无能，局面愈变，适以授外人莫大之机会耳。彼俄人首与我库缔结协约，破坏保全中国领土、机会均等之主义，显然与日俄协约、英法俄协约等之旨相违背。而日英法诸国对于俄之行动，毫未加以抗议。试一寻外交界之蛛丝马迹，即可知英法日已默认俄之行动，而于此一测将来之结果，则列强保全中国领土及机会均等之主义将归完全打消，而已见之于事实者，则为英之于西藏。其若他国于其势力范围之内，效英俄之行动，结果至为可危。故欲解决藏事，当先解决蒙事，蒙事一日不解决，即藏事亦一日不解决也。而政府于此，乃先将藏事解决，而后始解决蒙事，可谓梦呓矣。故预测政府外交之结束，尤不可知，而其过则在政府毫无外交政策，致成此不可收拾之象也。然国民于此，尚不知所以监督政府，亦自放弃其责任耳。此关于外交问题也。

以言内政，内政万端，而其要莫如财政。吾人试一审思吾国今日财政之状况，可谓送掉吾中华民国者。夫财政问题，本极困难。吾国各省财政，勉强可以支持，唯中央自各省改革之后，府库如洗，支持匪易，而政府对于整理财政之政策，亦唯借债一端。夫借债未尝不可，但亦当视条件如何。当唐少川先生当国时，与六国团商借六千万镑，亦并无苛刻条件之要求，及至京津兵变而后，六国团以吾现状尚未稳固，乃始有要求之条件，唐未承认，遂中止。及至熊希龄任财政总长，一意曲从六国团，将承认其要求之条件。当时阁员多不同意，唐内阁遂倒。今政府以借六千万镑太多，改为二千五百万镑，然政府亦并无若何计划，不过只筹至临时期限而止，是后财政当如何整理，非所问也；而且大借款条件之苛，为向所未见，唯埃及始有之耳，然埃及之结果，则以监督财政亡其国者也。且盐税为国家收入大宗，今以之为大借款之抵押，使将来正式政府而欲借款，即无有如盐税之抵押品者。是正式政府成立以后，虽欲借款而不可得也；如不借款，则二千五百万镑已为临时政府用罄，其将何以支持？是今日之政府对于财政问题，眼光异常短促，盖毫未为将来留余步，作打算也。至于民生困穷,实业不兴,政府亦无策以补救之。此关于内政问题也。

如上所述,只得其大概,欲详言之,虽数日而不能尽。一言以蔽之,则皆不良政府之所致耳。然今尚非绝望之时,及早延聘医生,犹可救也。兄弟所言,未免陷于悲观,而吾人进行,仍当抱一乐观。盖延聘医生之责任,则在吾国民党也,而其道即在将来建设一良好政府,与施行良好政策是已。而欲建设良好政府,则舍政党内阁莫属。此吾人进行之第一步也。

在国民党浙支部欢迎会上的演说

1913 年 2 月 23 日

民国虽已底定,然百事不能满意,缘凡事破坏易而建设难,即守成亦不易易,即政府虽立而邦基未巩,尚不能高枕无忧;况目下大局岌岌,除三五报纸外,无一人顾问其事。如此次政府奖赏功位勋章,皆属不应为而为,而窥其用意,仅求表面。今中华民国政策,无非除旧更新,前年革命起义,仿佛推倒一间腐败房屋,此后之事岂不更难?然房屋拆而重修,责在工人,而政治改革,则责在国民也。

前岁九月至今忽焉岁半,其于财政外交国民生计丝毫未有端倪,凡为国民,能不赧然?总之,政策不良,国民以建设政府为人手,建设政府全借政党才识。若其他政党有建树之能力,则本党乐观成局,倘或放弃,则本党当尽力图维,此皆吾国民党员所应共负。试问国民党党员不救国民,国民尚有噍类乎?愿天下同志同胞时时存责任心也。

在国民党宁支部欢迎会上的演说

1913年3月9日

民国建设以来,已有二载。其进步与否,改良与否,以良心上判断,必曰:不然。当革命之时,我同盟会诸同志所竭尽心力,为国家破坏者,希望建设之改良也。今建设如是,其责不在政府而在国民,我同盟会所改组之国民党,尤为抱极重要之责任,盖断无破坏之后即放任而不过问之理。现在政府之内政、外交,果能如民意乎?果能较之前清有进步乎?吾愿为诸君决断曰:不如民意之政府,退步之政府。

今次在浙江杭州晤前教育总长范源濂君,范云,蒙事问题尚未解决,政府每日会议,所有磋商蒙事者,云"与俄开议乎?与俄不开议乎?"二语。夫俄蒙协约,万无听其迁延之理,尚何开议不开议之足云。由此可见,政府迄今并未尝与俄一开谈判也,各报所载,皆粉饰语耳。如此政府,是善食乎?余敢断言,中华民国之基础,极为动摇,皆现之恶政府所造成者也。今试述蒙事之历史。

当民国未统一时，革命纷乱，各国皆无举动。盖庚子前各强皆主分割，庚子后各强皆主保全，即门户开放，机会均等。领土保全之主义，此外交方针，各强靡不一致，此证之英日同盟，日美公文，日俄、日法、英俄等协约可明者也。故民国扰攘间，各强并无举动。时吾在北京，见四国银行团代表伊等极愿贷款与中国，且已垫款数百万镑，其条件亦极轻，不意三月间即有北京兵变之事，四国团即致函取消前条件另议。自后，内阁常倾覆，兵变迭起，而外人遂生觊觎之心矣。五月间，俄人致公文外交部，谓库伦独立，有害俄国生命财产，请与贵国合力，取消独立，唯加有此后贵国不设官、不殖民、不增兵三条件。讵外交部置之不答，俄使催之若干次，始终不理。迄十月间，而《俄蒙协约》告成。时日本桂太郎在满洲见俄外相，即关此事之协商。自后，英之于西藏亦发生干涉事件。现袁总统方以与英使朱尔典有私交，欲解决之，此万无效也。盖蒙事为藏事之先决问题，蒙事解决，则藏事将随之解决。若当俄人致公文于外交部时，即与之磋商，必不致协约发现也。此后之外交，宜以机会均等为机括而加以诚意，庶可生好结果。

内政方面尤不堪问，前清之道府制，竟然发现。至财政问题，关于民国基础，当去岁原议为一万万镑，合六万万两，以一万万两支持临时政府及善后诸费，余五万万两充作改良币制，整理交通，扩充中央银行，处理盐政，皆属于生利之事业。及内阁两次改组后而忽变为二千五百万镑，合二万万五千万两，主其议者，盖纯以为行政经费者；

其条件尤为酷虐：一、盐政当用外人管理；二、公债当用外人管理，到期不还，盐政即归外人经营，如海关例。盐务为外债之唯一担保品，今欲订为外人管理，则不能再作他项抵押，将来之借款，更陷困难，且用途尽为不生利之事业。幸而未成，万一竟至成立，则国家之根本财政全为所破坏矣。

现正式国会将成立，所纷争之最要点为总统问题、宪法问题、地方问题。总统当为不负责任，由国务院负责，内阁制之精神，实为共和国之良好制也。国务院宜以完全政党组织之，混合、超然诸内阁之弊，既已发露，毋庸赘述。宪法问题，当然属于国会自订，毋庸纷扰。地方问题，则分其权之种类，而为中央、地方之区别，如外交、军政、司法、国家财政、国家产业及工程，自为中央集权，若教育、路政、卫生、地方之财政、工程、产业等，自属于地方分权，若警政等，自属国家委任地方之权。凡此大纲既定，地方问题自迎刃而解。唯道府制，即观察使等官制，实为最腐败官制，万不能听其存在。

现在国家全体及国民自身，皆有一牢不可破之政见，曰"维持现状"。此语可谓糊涂不通已极。譬如一病人，已将危急，医者不进以疗病药，而仅以停留现在病状之药，可谓医生之责任已尽乎？且维持现状说兴，而前清之腐败官制，荒谬人物，皆一一出现，故维持现状不啻停止血脉之谓。吾人宜力促政府改良进步，方为正当之政见也。余如各项实业、交通、农林诸要政，不遑枚举。现时间已有五时，仅举一愚之言，贡诸同志。

中央行政与地方行政分划之大政见[①]

1913年3月12日

一、中央与地方之区别

中央者,即中央政府,一国行政之最高机关也。地方者,即一区域内之行政主体,在中央政府之下而处理政务者也。地方行政主体,又因其成立不同,可分为二:一地方自治行政之主体,即地方官由中央委任者;一地方官治行政之主体,即地方自治团体,由地方人民公共组织之者。

地方自治团体,与联邦国之各邦不同。盖联邦国之各邦,虽属于中央之下,然中央政府实由各邦组成之,各邦则不由中央组织,国家主权实操于各邦,各邦同时并有其自主权。地方自治团体反是,其组织及成立全操之中央政

---

① 本文原载于1913年3月23日《民立报》,署名教仁。徐血儿于文前加按语云:"此篇为宋先生在尚贤堂演说,对于分划中央行政、地方行政之大政见。演说前一日,由先生亲笔草就大纲。记者在侧,特向先生取得原稿,未即发表,而先生忽遭奸徒毒手逝世。兹特捡出原稿,刊登报端,以见先生大政见之一斑焉。"

府，地方唯有自治权而止，故两者性质不同也。

地方自治团体与其他公共团体不同。盖商会、农会、水利组合、自治会等，虽与地方自治团体同为公共团体，然地方自治团体以地域为要素之一，他团体则不以地域为要素，大抵或以职业或以人或以事相互关系而成者，故两者性质不同也。地方所以同时设地方官与地方自治团体者，盖一国行政，中央必不能无巨细皆直接处理之，不得不有分理之机关。然此分理之机关，苟不悉以属中央指挥，则与地方民意或不合，苟悉以由民意组织，则又与中央政策或难同，故同时设此二制，以必不可不与中央政策相同之事归之地方官，又以必不可不与民意相合之事归之地方自治团体也。

二、中国宜采之制度

中国地土广大，不能不分为数多之地方区域明矣。历代以来，皆无不然。前清分为各省府州厅县，亦系承前代遗意。唯以在今日之状况论之，区域似稍广阔，等级亦颇嫌复杂。民国建设以来，已取其府州厅制废之，只有二级制，实为得宜。唯区域犹未缩小，道制又将复设，官治自治，犹未划分，实为憾事。鄙意谓中国今日宜缩小省域，实行二级制，省下即直承以县，省县皆设地方官，掌官制行政，并同时设为自治团体，置议会、参议会，掌自治行政。县之外，大都市设府，当外国之市，直接于省。县之下设镇乡，即直接于县，皆为纯然之自治团体。此其大较也。至于地方官，则以中央任命为宜，唯目下情形，恐不能实行，当暂用民选也。

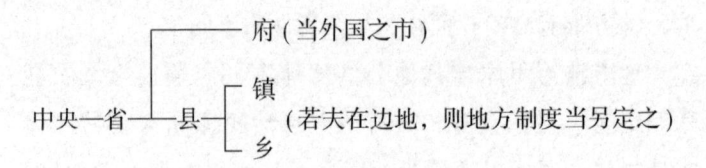

```
              ┌─── 府（当外国之市）
中央─省──县──┤── 镇
              └── 乡    （若夫在边地，则地方制度当另定之）
```

三、中央行政与地方行政之区别

一国政务，何者宜归中央，何者宜归地方，须以其政务之性质与施行便宜为标准。大抵对外的行政，多归之中央；对内的行政，多归之地方；消极的维持安宁之行政，多归之中央；积极的增进幸福之行政，多归之地方。至其审择分配，则尤当视其国内之情状而定之也。

行政之权，中央多且大者，谓之中央集权；地方官治多且大者，谓之地方分权（地方分权，或重在官治，或重在自治，本非所关，唯今日一般所谓地方分权者，大抵专指地方官治行政权之多且大者而言）。

吾人谓今日之中国，中央集权制固不宜，偏重地方官治之地方分权制亦不宜，谓宜折中，以对外的消极的各政务归之中央，以对内的积极的各政务归之地方。其地方制中，则尤注重于地方自治一途，使人民直接参与施政，以重民权，如是庶合轻重适当之道也。

四、中国中央行政与地方行政分划之条目

既如上述，则中国中央地方之行政之条目，可以划分矣。

（甲）中央行政。中央行政宜为统括的，兹只列举其重要者，其余除归之地方自治者外，一切中央皆有权施行之，且得委任于地方官，作为地方官治行政也。中央重要行政，中央皆如有立法权。其条目：

一外交；

一军政；

一国家财政；

一司法行政；

一重要产业行政（矿政、渔政、路政、拓植行政）；

一国际商政（如通商、航海、移民行政）；

一国营实业；

一国营交通业；

一国营工程；

一国立学校。

（乙）地方行政，分二种。

（一）地方官治行政。中央以法律、命令委任于地方官施行之，省县皆同。其条目：

一民政（警察、卫生、宗教、礼俗、户口、田土行政）；

一产业行政（除归中央行政者外）；

一教育行政。

（二）地方自治行政。各级地方自治团体大抵相同，皆有立法权，并自施行之。其条目：

一地方财政（但募债须由中央认可）；

一地方实业；

一地方交通业；

一地方工程；

一地方学校；

一地方慈善公益事业。

再，中央行政与地方官治行政，其经费皆宜由国家税支付，地方自治行政，其经费则宜由地方税支付。此原则也。

以上所列，果能见诸实行，则条理既明，系统亦定，一切行政，自能如身使臂，如臂使指，运用自如；复得强有力之政党内阁主持于上，决定国是，极力进行，结好邻国，以维持和平之现状，整理军政、财政，改良币制，开设有力中央银行，兴起实业，奖励输出，振兴国民教育，开发交通事业，不五年间，当有可观，十年以后，则国基确定，富强可期，东亚天地，永保和平，世界全体亦受利不浅矣。是在吾国民之自觉之而自为之耳。

在尚贤堂的演说[1]

1913年3月13日

白士美先生上次演说民国国家税与地方税划分之必要，其大旨似欲以美国之成法为吾国之考镜，其渴望中国之进行，极有研究之价值。唯共和国民，人人有研究政治责任，微白先生言，吾人亦应研究。唯美国合十三国为一大国，与吾国情形不同。吾国各省向来听命于中央，系统一制度，美国系联邦制度。粗观之似无甚大异，实则不同之点甚多，故进行手续亦难强合。

民国虽云成立，实则如开店之初，仅挂招牌，内部之如何组织，现尚茫无头绪。即如军政固应归中央政府主持，但现在各省军队甚多，中央令各省裁撤军队，各省必向中央政府要求款项，中央无以应，军队即裁不成，政府亦无

---

[1] 本文原载于1913年8月15日《申报》，题《宋钝初之议论》。据《申报》报道，3月13日下午在法租界尚贤堂开第二次宪法研究会，宋教仁应邀做了演说。

法令各省之必裁。余如赋税一项，各省有供应政府之义务，但各省需款过多，供应与否，由各省自便，愿供应者供应之，不愿则中央亦无法必令其供应。诸如此类，不一而足。总之，以经济困难致实业、教育、商业均未进行。欲谋政治之完备，固属非钱不行，欲谋国家税与地方税之划分，必须视国家行政与地方行政之范围何如，始有所依据。据鄙人意而言，如军政、外务（吾国无所谓外交，故曰外务）、财政、司法、矿务、渔业、铁路、垦殖、交通、邮政，以及国家办大工程（如开大河之类）、国家银行、国家大学等，皆属国家行政范围，宜由中央政府主持。至地方行政，又须划分地方官行政（地方官受中央之命令）、地方自治团体行政二项。如民政中之警务、卫生、税契、宗教、产业、教育六项，属之地方官行政范围。他若地方财政、地方学校、地方实业、地方工程、地方交通，以及公园之类，则属于地方自治范围。国家行政与地方行政之范围，俟四月一号国会成立后始可于宪法中规定之。国家税与地方税之规则，总视两方面需款几何再行支配，然后由国会监督政府，议会监督地方，国基方能巩固。

　　吾国地方过大，照鄙人意见，尚须划小（言一省太大再划分之），只定上（即省）、中（即县）、下（即城镇乡）三等阶级，并须将繁盛之城别立一名目（府），总视人口商业之如何以为衡。照现在情形，尚需略为变通。

在国民党交通部公宴会上的演说

1913 年 3 月 18 日

兄弟听同志诸君演说，一切重大问题，已阐发无遗，但略贡数言，以为结论。愿与同人共勉之。吾党昔为革命团体，今为政党，均同一为政治的生活。就先后事实上说，革命党与政党，本非同物；然就性质上说，革命党与政党，其利国福民、改良政治的目的，则无不同。故本党今昔所持之态度与手段，本不相合；然牺牲的、进取的精神，则始终一贯，不能更易也。就吾党与民国政治上之关系而言，不过昔日在海外呼号，今日能在国内活动；昔日专用激烈手段谋破坏，今日则用平和手段谋建设。今者吾党对于民国，欲排除原有之恶习惯，吸引文明之新空气，求达真正共和之目的，仍非奋健全之精神一致进行不可。至于先定宪法，后举总统，本光明正大之主张，不能因人的问题以法迁就之，亦不能因人的问题以法束缚之。吾人只求制定真正的共和宪法，产出纯粹的政党内阁，此后政治进行，先问诸法,然后问诸人。凡共和国家存在之原理,大抵如此。吾党现今应有之党略,亦当依此方针,以谋稳健之进行。

附录：

社会改良会宣言

1912年2月23日

自吾人企划共和政体以来，外人之觇吾国者，动曰程度不及。今共和政体定矣，吾人之程度果及与否，立将昭揭于世界。人之多言，于吾无加损也，而吾人不可以不自省。盖所谓共和国民之程度，固不必有一定之级数，而共和思想之要素，则不可以不具。尚公德，尊人权，贵贱平等，而无所谓骄谄，意志自由，而无所谓侥幸，不以法律所不及而自恣，不以势力所能达而妄行，是皆共和思想之要素，而人人所当自勉者也。我国素以道德为教义，故风俗之厚，轶于殊域，而数千年君权之影响，迄今未沫，其与共和思想抵触者颇多。同人以此建设兹会，以人道主义去君权之专制，以科学知识去神权之迷信，条举若干事，互相策励，期以保持共和国民之人格，而力求进步，以渐达于大道为公之盛，则斯会其嚆矢矣。

民国元年二月二十三日东海舟次发起人启

迎袁专使遇险确情[①]

1912 年 3 月 10 日

前月二十九日饭后，专使等忽闻铳声，初谓正在旧历年节，当系儿童戏弄爆竹，遂未置意，及后四面铳声大起，且皆向专使寓所、贵胄学堂一方面攻击，因呼守卫兵士入问。卫兵云系第三镇兵因争饷事殴斗，遂亦不问及。后宋君至后院见枪弹飞落，始知变起，急入内欲告同寓诸使，则诸人已均向后逃避，遂由后门出外，则见四方火起，弹飞如雨。人地既生，路径莫辨，宋君偕魏君注车等向一方面行走，屡遭巡警诘问（是时巡警全出）。北京巡警皆旗人，宋君等疑祸变出于宗社党，遂不欲告以详情。途中益多阻滞，后乃变计，见巡警则先之问路。巡警疑宋君等为日人，因指明路径，谓向前有日人住家。宋君等从其言，果见一上仲公馆门条，因叩门入。主人出询宋君等，答以

[①] 本文原载于 1912 年 3 月 10 日《民立报》，标题为《宋教仁口述专使遇险确情》。

避难，日人遂亦不询姓字，直答曰："可。"因引宋君等人，且置酒待。及后该日人问宋君是否与专使同来者，宋答非是。该日人又云曾于写真见过颇似赴日专使宋教仁君，宋君力辩，该日人遂亦不问。是夜宋君等即宿该日人处，唯闻枪声彻夜不绝，至次日宋君等乃迁往六国饭店。

宋君又云：此次专使到北京，袁总统竭城［诚］招待，至袁对于南京政府毫无私见，袁幕府中人以唐绍仪为最，其余得力者，则为杨度、汪京［荣］宝、梁士诒等。

专使等此次在北京并未与外交团接洽。

恳奖刘道一公呈

1912年4月19日

汪兆铭、黄兴、张继、吕志伊、马君武、景耀月、陈其美、孙毓筠、洪承典、居正、李烈钧、尹昌衡、张凤翙、方声涛、刘基炎、平刚、丁惟汾、冯自由、宋教仁、谭延闿等呈为救国死义，公恳特奖，列入大汉忠烈祠，并宣付国史院立传，以旌义烈而慰忠魂事：

窃唯民国成立，共和永建，嗣兹以往，胥四百兆人民同食幸福。而人民饮水思源，所不忍一刻忘者，尤在出入专制剧烈时代，以一部分之决心，立于政府反对之地位，败则以生命殉之，前仆后继，矢志不移，虽按之事实，大功或未能及身而成，而溯其原因，国本不啻在当年已定。兆铭等或身与其事，或宗旨从同，开国以来，复见一般国民崇拜景仰之忱，既食先德，不忘遗烈，用举烈士刘道一救国死义各事实，敬为大总统陈之。

刘道一，字炳生，湖南衡山县人。少端慧，五六岁时，读《孟子》，即能成诵，稍长，并通其义。时海内外多故，道一年少气盛，所思辄轶常轨。读《汉书·朱虚侯传》，至"非其种者，锄而去之"，遂自署曰"锄非"。甲辰年，游学日本，与其兄刘揆一密谋光复事，遂与会党马福益相知。道一献策曰："此时举事，在利用不交通之地点。我党欲得根据地，不如先据湖南，前瞰洞庭，背负五岭，有险可恃，不至动辄失败。"党人然之，遂定计在湖南起义，议分五路，同时并举：一宝庆；一衡州；一岳州；一辰州；一浏阳。甲辰冬，起兵浏阳，因各路未能一致运动，事败。道一乘间走日本，慨然曰："事之不成，虽由专制之威毒，抑亦会党之力涣。"于是研究新创之华兴会、同仇会及旧有之三合会、三点会所不同之点，与联络之方，不数月而大通。以道一性慧有口，方言及外国语一学即能，又为游学界同声推许，故能混合新旧，沟通党派，俾各为国效忠也。即如同盟会之宗旨，其初输入日本时，并未皎然揭出，且彼时留学诸君，多却步不敢入，自道一昌言而董劝之，于是有一日千里之势。丙午，复与党人萧克昌等谋在萍、浏、澧等处起义，事败被捕。狱吏欲以严刑鞫之，道一曰："吾非畏供，无如此中大义，供之决非汝所知，徒费唇舌，何益？"因出佩章示之。狱吏细审佩章，镌"锄非"二字，遂以定狱。然终以无供为嫌，乃混而名之曰："刘道一即刘揆一。"盖其时湘之大吏，只知刘揆一名，故借以欺上也。又惧湘人议其无供而刑人也，乃舆道一之浏阳，阳言赴浏对质，阴使魁刽于中途杀之。及至中途，魁刽仓皇出不意，举刀乱击，四击乃断其头，故道一之死至惨，识与不识皆哀之。

今幸大义昭然，凡为国死义之士，均先后表章各在案。兆铭等对于刘道一，既悉其生平，复迫于公论，未敢再事含默，用胪列事实，公恳大总统鉴核批奖，准予列入大汉忠烈祠，同享祀典，并宣付国史院立传，以顺舆情而慰忠魂。民国幸甚！谨呈。

致北京各报书

1912 年 7 月 12 日

连日读贵报载关于鄙人之事,诸多失实,敢为一言。自总理更迭问题发生,蔡、王诸君与弟即主张全体辞职,退而在野,即同盟会亦同此意见。乃贵报谓弟自运动为总理,甚且牵及汤君化龙。请贵记者详加访察鄙人所素识在京之人,有曾受鄙人此等运动者否?若有之,即请指出其人,即同盟会间有主张政党内阁者,又何尝即指鄙人为总理耶?

又谓唐少川之走,为鄙排斥,尤非实事。此事问之各国务员便知详细,若不信则问之唐氏,更容易洞晓,无容弟自辩也。

又谓鄙人在南京时,截留湘款六万,运动总理,并主张采用法国制,大宴参议员,亲往鄂运动黎副总统,此等事若皆真实,则必有其相手方,亦请贵报电询湘都督、副总统，并面询各参议员，果有此等实事否？至主张采用法国制，虽确有之，然中国究竟应置总理与否，识者皆知之，弟之主张，岂即自为谋耶？且当日在南京所拟之总理，实为黄克强君，岂尚不可以证明耶？

文谓鄙人迫挟同盟会之国务员辞职，此事亦容易查明，请贵记者询之蔡君元培、王君宠惠、王君正廷等三君之辞职果鄙人所迫挟乎？抑三君自由之意志乎？固不必待鄙人之明辨也。

总之，当此群言淆乱、党争剧烈之时，往往论人论事易起于感情与误会，明知诸公皆以党见之故，箭在弦上，不得不发，然以攻击个人为党争之唯一利器，则有失言论机关之价值，亦非大新闻之所宜出。方今时事日非，外交上危机日迫，内治上整理无术，吾人乃日日为处巢之燕雀，为相持之鹬蚌，何所见之不远耶？窃谓今日党争之法，只宜以政见为标准，即有人欲组织内阁，只问其政见之宜不宜，不当问其人之属于何党。鄙人无似，实不敢有此希冀。目下之计，只欲闭户读书，以预备将来，何必如是咄咄逼人耶？敢布腹心，诸维鉴察。敬候撰安。

宋教仁顿首

与国民党诸公书[①]

1913年2月1日

北京国民诸兄先生均鉴：屡接函电，敬悉一是。本党气象日昌，遥想诸公运筹而纲维之者至详且善，极为祝贺。弟还湘以来，无善可告。前月抵长沙，与诸兄晤商，湘中选举，大约皆可如所豫定，不至失败，堪以告慰。昨日始抵汉上，因克强赴沪，尚欲一往与商一切，然后当赴东京，以医宿疴耳。吾党形势，以此次选举观之，大约尚任。唯可虑者，即将来与袁总统之关系耳。袁总统雄才大略，为国之心亦忠，唯全赖之以任建设事业，恐尚不足，此必吾党早已认定，故主政党内阁。近闻颇有主张不要内阁者，此最危险之事也。又以袁氏之经验观之，如大借款，如库伦事件，现象如何，此二事皆足亡吾国者，而袁氏一年以来不能了之（且无人掣肘），且使更坏其事，是皆使吾人不能全信袁氏可任建设新国事业之证据。若复不要内阁，则

[①] 本文原载于日本杂志《支那和日本》1913年第3号。

不知将何以对彼等自家之良心也。尚望诸公力争上游为幸。宪法一事，现在形势如何？鄙意宜预备一草案（将来国会起草即可用此），不知诸公尊意如何？大借款事，条件吃亏不少，乃仅可支用至今年七八月，又去一大宗抵当品之盐，今年七八月以后，不知再欲借款否？不知条件吃亏，又当如何？不知又将何物抵当？政府只顾自家目前，不顾正式政府以后之计。此种借款，鄙意不如径反对之，免其任意挥霍，且可使将来正式政府可借真正整理财政之外债，亦不知尊意以为何如也？《民国报》事，闻办事者颇有意见，如果不妥，请即辞退姚君，别觅妥人。至报馆之存废，则请开主任干事会公决。弟前因主张必办，此刻亦无成见矣。弟勾留数日即东下，如有赐复，请寄沪上为盼。草草不具。敬候大安。弟宋教仁。二月一日夜。

湖南各团联合筹边会启

1913年3月1日

敬启者：民国初奠，内政之措施未遑协约，发生之强邻之侵凌日迫。当此危急存亡所关，实我国民急难恐后之秋，是以爱国之士，奔走呼号，合群结社，以图补救者，日有所闻。然团体林立，主张各殊，或为激烈之趋向，或采平和之政策，心虽热而势力甚薄，事不专则效果难期，因之在京各政党社会团体，集合百有余团，公同会议，组织一各团联合筹边会，以一致之进行，促全国之猛省。公举徐君绍桢为会长，王赓、白逾桓两君为副会长，各省都督及各政党首领为名誉会员，并由各团各推一人为参事，按期会议，决定进行方法。会所暂设顺治门外大街中间路西。先是，本会组织之始，曾由各团公举代表景耀月、姚雨平、徐绍桢、白逾桓、林述庆诸君赴总统府、国务院，质问政府对蒙方针及一切情况。经赵总理面许，本会每日得派代表赴国务院调查实际。大总统并令徐、姚二君常至参谋、陆军两部商议等因，具见政府赞许维持之意。唯现在西南边氛又复告警，事机危迫，尤逾曩昔，必须合全国人之心思材力，一致筹维，庶克有济，断非仅恃京师一方面所能奏效而收功。是以在京会众议决，即请各省都督各与本省政党团体组织支部，随时随事电本部会商，集思广益，勠力同心，共以御侮为前提，勉作政府之后盾。诸君子爱国心长，知必能俯念时艰，共予赞成。兹由同人等商议，即以库事筹备会、筹蒙会两团合并为湖南各团联合筹边会，更集在湘各政党各社会团体，共同赞襄，以为一致之进行，庶几济孤舟于巨浪，彼岸诞登，戢烽火于金瓯，国基永奠，斯则我五族同胞亿万斯年之幸福也已。

发起人：宋教仁、龙璋、陈炳焕、仇鳌、刘文锦、谭人凤、吴剑丰、黄钺、陶思曾、罗永绍、粟戡时、贝允昕、胡子靖、邹代藩、杨树毅、易克臬、舒礼鉴、周宏业、薛祈龄、符定一、任杰、徐淼。

驳某当局者[①]

1913 年 3 月 12 日

某当局者谓各国保全政策，实各国互立协约，暗定界线，以免冲突，名为保全，实图侵略云云。此意何人不知之？余亦未尝谓保全为可恃，不过谓各国中实因种种关系，不能遽行侵略，故暂以保全为言，所以防一国之先下手。今吾国正宜利用此机，以修内政，且宜维持之，使多得一日，即多得一日之利，不可将此局自行破坏也。若俄蒙事，则实吾国不能维持此局，使俄人先下手之动机也。

某当局谓库约远在前清辛亥之夏，独立在冬季，宋于去年七八月进言，且仅及险象，并无办法云云。其言亦可笑。余并未尝言库约非前清辛亥夏事，亦未言独立非冬季事。余于去年之秋，只见日本桂太郎将赴俄国，余即往见赵智庵，谓恐有第三次《日俄协约》发生，其约必将以瓜

[①] 本文原载于 1913 年 3 月 12 日《民立报》，题为《宋教仁君之时事谈——驳某当局者》。

分内外蒙古为目的，宜即时与日本提携，开诚相与，除去日人向来对袁总统之恶感，以免其与俄合，即库事或易解决。未久，余又见袁总统，言及外交事，余亦以此为言，并谓宜速解决库事，即俄人代要求之三款，可让步者，亦宜忍痛让之，否则将来即欲忍痛让步，以求解决，亦恐求之不得。袁总统时深然余言，其后并未见有何布置。日俄果有密约，俄人所代要求三款，且进而为攫库伦为其保护国之《俄库协约》，则实外交当局者因循苟且之咎也。

某当局谓库事实误于国民党，唐、孙、黄等皆以俄人方狡，俯就非计为言，一年来外交悉系该党员主持云云，实为诬陷之词。当唐内阁时代，余与少川屡言须速解决库事，其时以外交总长陆子兴未到任，故拟待其到后为之。及陆到，而唐内阁倒，尔后国民党皆未尝与于政府事。孙、黄等至北京，亦未尝言及库事当如何办法，询之袁总统当自知之。其余国民党除余一人建言二次袁总统、赵智庵外，亦未尝有一人陈外交上之策略也。某当局者谓外交悉吾党主持，岂非诬陷我国民党耶？

某当局者谓唐绍仪于三月十三日任总理，而京津三月二日、三日兵变，宋乃谓唐之当国先于兵变，故六国要求乃酷云云。某当局亦未知当日实情。当余等偕唐君北上，乃在兵变之先。余等见项城时，唐君即以借款为言，谓已得四国银行团之允许，唯日俄二国加入事，尚待磋商。余当时曾力赞日俄加入。可见当时已有头绪。其后兵变既过，银行团乃忽持异议，唐君乃与比国商借，其后唐君至南京就总理任，乃在比款发生之后，某当局岂不知之耶？

某当局又谓统一后，南京要求三千万，嗣减至千万，其后比款七百万用途暗昧，故致银行团条件严酷云云，亦诬陷之词。当日要求款项，皆南京实在必须之款，未尝总共要求三千万或一千万，其后比款七百万亦非尽归南京支用。其南京所用者，皆有报销可稽，询之财政部档案可知，银行团亦未尝有比款用途暗昧之说帖。余当时在政府，每次说帖皆亲见之，未尝见有此说帖也。某当局又谓银行团所提条件，已经磋商，稍就范围，而国民党忽主张国民捐，议遂中止，及国民捐不成，要挟更甚，亦颇失实。银行团所提条件，初甚严酷，后乃渐渐减轻，遂乃有今日之顾问制度，何尝与国民捐有关系？当日交涉中止，乃因政府更换，又岂可归咎于国民捐乎？

某当局又谓余因争总理未遂，故发此怨愤无稽之言，亦可发噱。余始对于第一次内阁更换时，主张蔡君元培，二次主张黄君克强及赵君智庵，实未有自为之心。非不为也，实因余之资望能力皆不及诸人也。今世人往往有可怪之心理，谓人欲为总统或总理或国务员，即目为有野心，咸非笑之，岂知国家既为民国，则国民自应负责任，有人欲进而为国服务，负责任，乃反以争权利目之，视民国之职务与君主时代官爵相等，致令人人有推让之虚文，视国事如不相关，岂非无识之甚乎？袁总统欲为正式总统，然余最佩服，盖今日政府中有为国服务之责任心者唯一袁，吾人唯论其有此本事与否，不当论其不宜有此心。

其既为之，则只宜责备其为好总统而已。人之欲为总理、国务员者，亦当待以如是，方为合于民国时代之常轨。

乃若妄以此语诬人，视为攻击好材料，则更不值一噱矣。至于正式政府之总理，应由国会推出，余更希望黄、唐二公之当选，其理由甚多，不具述。总之，余当日演说，皆平心论事，某当局者语多失实，余虽未见其全文，盖实有意闹党见者之所为也。

答匿名氏驳词[①]

1913年3月15日

吾人曩者在上海国民党欢迎会中演说中间，颇有言政府外交、财政失策之语。当时不过略述现在政况，以为应答之词，初非发表政见，乃不意经数日后，京中乃有某氏者，匿名投稿各报，大肆辨［辩］驳，似以吾之演说已击中要害，非反驳不能已者。上海《时报》北京电谓是某当局，盖官僚卒徒，无可疑者。其口吻如村妪肆骂，牧童斗殴，满纸妄语，且不书姓名，非丈夫之行，亦非负责任之言，本无再辨［辩］之价值，唯其中排挤诬陷之处甚多，官僚之派，实为国蠹。近日以来，造谣生事，捏词诬人，使民心惶惑，国事败坏，实为不鲜（如谓黄、宋运动黎元洪为正式总统，赣、皖、闽、粤联络独立等之谣皆是），故吾人对此，不能不一为疏辩，以听世人之判断焉。

---

① 本文原载于1913年3月15日《民立报》，署名教仁。

原文曰："宋君谓民国成立，无一外交，有之则为库伦问题。兄弟七八月间在京时，库约尚未发生，即时以桂太郎游俄目的与满蒙危机说诸政府，亟为事前之筹备。而总统等狃于目前之安，置之不问，及至俄库私约发生，政府亦无一定办法云云。又言曩者列国对于中国问题，倡保全领土、机会均等之语，姑无论其是否出于诚意，而此所谓保全领土、机会均等之说，实足以维持中国现状。中国十年以来，外交界即少绝大危险，职是之故。今政府不特无外交手腕，并不知维持此种外交关系，适以授外人莫大机会，故俄人首与库伦缔约，破此主义云云。凡言外交，必明大势。大势云者，非仅一隅一国之谓，所谓世界智识，吾国今日，明此盖寡。宋君乡里之见，未易骤语及此。自日俄战后，日俄、英俄、法俄三者缔约，均有保全中土、平均机会等言。当时朝野，相率庆忭，道此泰山可恃，盖与宋君今日见解正复相类，初未料有绝大危机存伏其中。盖自世界潮流移于东亚，中原沃壤，势在必争，群知互角非利，则相率让避以杜战祸。宋君所谓足以维持中国现状者，殆即指此。然列强侵略雄心，决不因是而沮。其在中国本部，划定势力范围，各挟工商路矿诸权，以为无形侵略；其在中国边地，划定界线，各借交通兵力，以为有形侵略。日于东省，英于西藏，法于滇粤，俄于蒙伊，尤有密接关系，分道扬镳，各不相犯，犹恐四者毗连之处，或有抵触冲突之嫌，于是互立协约，暗定界线，专意经营，无事顾忌，名曰保全，实图侵略。宋君瞆瞆，尚谓中国十年以来，外交界无绝大危险，不知中国外交失败，胥此十年酝酿而成。即如库约，远在前清辛亥之夏，杭达亲王偕同二达喇嘛私赴俄京，俄即有不派兵、不置官、不殖民三款之要求，与今日要求条件正复相同。唯彼雨雪，先集唯霰，侏儒之见，侥在目前，与言因果，非所知耳。"

答曰：某氏所驳，实无一语中肯。吾之演说，何尝以各国保全中国为可恃？某氏痛陈各国有形侵略、无形侵略等语，天花乱坠，扬扬得意，以为独明大势，独有世界知识，岂皆知吾等为新闻主笔者，数年以来，日日作论说之口头禅哉？吾人前此虽日日以此语恫喝政府，警醒国人，然其实则中国自庚子之役以来，得以平安无大危难，是否由于各国之保全领土政策，明眼人自知之，使各国不持此政策者，今日之中国又当何如？使无日本反对俄占满洲，而击退侵略派之俄人，今日之中国又当何如？此尚可以强辨［辩］耶？不过以堂堂中国，受人保全，实属可耻之甚。然事实如此，讳无可讳。吾国人而果警觉者，则正宜知保全之策不可恃，且不能久，由是急起直追，利用此机以修内治；且宜操纵得法，使此保全之局尽势延长，能延长一日，即吾多得一日之利，三五年后，国势稍定，则可再图良策，此极平稳之道也。某氏谓中国外交失败，胥前此十年来酝酿而成，然则将谓设无前此十年保全之局，中国外交必大得胜利乎？请有以语我来也。

原文曰："宋君又言，去年七八月，库约未发以前，曾以危词说诸政府，未见采用，引为深憾。夫蒙库独立，始于前冬，去秋进言，已明日黄花；且所建白，仅及危状，当时险象昭著，尽人皆见，何待宋君？宋君果有先知卓见，则当于库约未订以前，发抒抱负，筹划蒙边。宋君曾任国务员，曾长农林部，蒙古平畴荒漠，宜垦宜林，果有先知，首应经画，何亦尸位素餐，毫无建树，终日晏客奔走，唯内阁总理之是争？争之不得，乃于事后为是快心之语，是岂稍有人心者所愿出哉？"

答曰：某氏爱国过甚，有春秋责备贤者之风，甚佩。唯库伦独立，既在前冬，当时吾尚居革命军中，无缘得见袁总统及现政府诸人，故明日黄花，亦是无可如何，此罪当从未减。去岁到京，吾人自知甚明，自维无先知灼见，不能于库约未订以前发抒伟抱，故只于滥竽国务院时，时唱危言，欲请政府速解决库事。当时以农林总长而主张他部事，曾受"宋钝初只好干涉他部职事，真是奇陆"之讥，自知不容，乃不得已只就自己所宁者，拟定边境开垦、移民、殖林诸法律案，及外蒙设垦殖总管府，内蒙、满洲设垦殖厅诸官制案，提出国务会议，以图实边保境。乃不幸唐内阁倒，吾亦辞职，此等方案，闻以俄人方要求我国不得移民，作为罢论。辞职以后，诚日日运动无暇，未尝进一言，然以既不在位，则不谋政，想不因此应受溺职之惩戒。及至秋间，闻日本桂太郎将赴俄，吾忽有所触，往见赵总理，谓恐有第三次《日俄协约》发生，此次协约必不关满洲事，恐内外蒙古将有瓜分之忧，宜即时与日本提携，除去日人向来对项城之恶感，免其与俄合从，协以谋我，则库事或易解决。赵君甚然余言。未几，又见袁总统，谈及外交事，吾亦以此为言，并谓宜速解决库事，即俄人代要求之三款，万不得已时可让步者，亦宜忍痛让之，否则延之既久，另生枝节，将来虽欲忍痛让步，以求解决，亦恐不得。总统亦以为然。其后未见政府有何进行，盖赵君当时未管外务，袁总统方待外交部得人，而陆外相子兴正患病剧入医院，故遂无所事事也。吾对库事只见及此，故不能特别有所建树。某氏既责之，其有何高见以教我耶？又吾忆当吾建言赵总理、袁总统时，座中只有言者听者二人，未有第三人也。吾所言仅及危状，不知某氏又何以知之，某氏能亦见教乎？

原文曰："夫天下安危，匹夫有责。刻当民国，同为主翁，无可辞咎，毋庸卸责，若必追原祸首，则敢以一言正告之，曰：库约问题，实误于国民党。临时政府初成，国民党人实揽国务。总理以次，多半党员，凡诸施设，咨而后行。当时库约虽未成立，而俄库秘密关系，早已喧传。

少川总理熟觇外情,谓彼方思逞,我宁冷淡,且所要求无可承认,不如置之。唐君此言,是否党中公意,姑置勿论,揆诸当日情势,亦系确有见地。嗣孙、黄北上,总统前席咨询,亦以俄谋方狡,俯就非计为言。迨唐君解职,梁氏继之,外交政策,一循前轨,遇有疑难,仍前咨询,是一年以来,外交关系,悉国民党中主持。吾人深维同舟共济之言,初无事后追寻之意。宋君乃以个人位置之关系,不惮文过饰非,造谣贾祸,将谁欺?欺天乎?"

答曰:此款非驳吾演说,原可置之不理,然其词评及国民党,吾国民党员也,虽不能造谣以诬害他党,然尽忠本党,乃本分也,故亦辨〔辩〕之。唐君少川固吾党党员,方其当国时,曾屡计及库事,吾亦屡言之,有外交总长陆君未到任,乃暂待之。乃不幸未二阅月,而唐君去位,其间唐君虽有责任,然"我宁冷淡,不如置之"之言,则未尝闻;或唐君非在国务院所言,而对某氏亲言之,则不可知。然私言何足代表政策耶?至孙、黄北上,袁"总统前席咨询,亦以俄谋方狡,俯就非计为言",此事吾人未之前闻,某氏又岂亲见之乎?唐君解职,继者为陆氏,继陆者乃为梁氏。谓外交政策,梁氏一循唐氏之前轨,岂非怪谈。国家易一内阁,原由于各有政策不同,继唐者岂自无政策,又何肯一循唐氏之前轨?此外,吾国民党人,日日处于被攻击之地,自保不暇,当亦无有条陈外交上之意见者,乃谓库事实误于国民党,一年来外交,皆国民党中主持,果何所见而云然耶?果谁文过饰非而谁造谣耶?果谁欺天耶?

原文曰:"原文中言,内政万端,其要莫如财政。政府理财方针,只有借债。唐少川先生当国时,与六国团商借六千万镑,亦并无苛刻条件之要求。及至京津兵变后,六国团以为现状未固,始有要求条件。唐未承认,遂中止。及熊希龄任财政总长,一意曲从,将承认其条件,阁员多未同意,唐内阁遂倒。今政府以借六千万镑太多,改为一千万镑,其条件之苛,同于埃及;且盐税为收入要项,今以作抵,后此借款,无物可质,是正式政府成立以后,虽欲借款而不可得也云云。凡论一事,必综前后情形,细心研究,方得正言解释,若不问因由,信口雌黄,是谓狂吠。向以宋教仁为国民党中重要人物也,今乃知其不然,何则?以其于党中前后经过事实尚未了了也,亦既昧于事理,方宜洗心息虑,偏欲鼓舌摇唇,淆乱是非黑白,我又胡能已于言哉?原文中开端,言政府理财方针,只有借债,似不以借债为然者;结论则又以盐税作抵,将来借债,必致无物可质,正式政府成立后,虽欲借债而不可得,似又深以借债为正当者,先后矛盾,其谬一。"

答曰:吾谓政府理财方针,只有借债,乃嫌政府不谋其他理财之策，何尝有不以借债为然之意？与结论所说，有何矛盾？

原文曰："原文中唐少川当国时，与六国团商借六千万镑，并无条件，迨京津兵变，六国疑我内状未固，始有要求。查唐君于三月十三日任为总理，京津于三月二号、三号兵变，未任总理，安能当国？所谓商借，所谓条件，所谓前后参差之处，直是见神捣鬼之谭，其谬二。"

答曰：此段直是发梦呓。查统一成后，唐氏于二月末偕吾与蔡、汪等北上，欢迎项城南来。抵京见项城时，唐君即言四国银行团借款可成，先垫若干（证以下文二月二十六日唐君之电，不益可信乎？），并言日俄二国，亦当加入。吾当时曾赞成日俄加入。盖吾等未到京以前，项城已遣人与银行团交涉，唐君至，益有头绪，其条件虽未详议，然未闻有监督财政之说。及三月二、三日京津兵变，数日后（不能记忆何日，似是九日）银行团乃致函持异议，不再交垫款。唐君愤，乃商借比款。厥后比款成立，唐君乃南下，至南京组织政府。以前虽未正式就总理任，然前后一切借款事，非唐君当之而何？又果谁是见神捣鬼耶？

原文曰："南北统一后，南京政府要求巨款，初以三千万为言，嗣减至一千万元（合七百万两）。初议由道胜银行借拨，嗣沪汉各处竭力反对，改由华比银行，筹借金镑百万，拨宁应用。至大借款，当时只有四国，并无六国，所提条件，先甚严厉，几经驳折，渐就范围。国民党中，忽发奇想，主张民捐，力斥借款，议遂中辍。迨民捐不可终得，而巨款不能不借，会议再开，要挟益甚，以迄今日，未底于成。此借款开始以来大略情形，有案可稽，有人可询。彼宋教仁既未身亲，只能耳食，妄语欺人，抑何可笑！甚［其］谬三。

"例一：元年二月二十日，南京政府电：巧电悉，现时南方维持必要之费，约三千万以上，请速设法，合借应用。

"例二：元年二月二十六日，唐前总理电：因阻雾，今日始到京。四国借款团所拨款，系知南京急需，故商允先垫七百万两，无合同，无借券，亦未谈及利息期限，且北京亦未借用一钱，应俟将来大借款合同时，再交参议院议决。

"例三：伦敦《泰晤士周报》上年一月三号论说：（前略）六国借款计划，本属过巨。中国自视庞然，需此非急。六国今始了然，因遂此辍。此后列强各就其关系所在，自用借贷。其与中国商务有密切关系者，应向俄国代为缓颊，或以小款贷之，以解眉急，否则破产在眉睫耳。

"例四：上海《汇文西报》二年二月五号论说：借款问题不至全然绝望者，有二故：一因中国政府急需巨金；一因列强均愿维持袁政府，借以保全各国利益。"

答曰：见此段，可谓自首造谣之罪。南京政府何尝有三千万或一千万之要求？所举二月二十日南京之电，当日并无其事，有总统府财政部成案可查，明明捏造可知。廿六日唐君之电，虽言七百万应南京急需，然乃指南京政府所管之各处需款而言，其后七百万亦未尽归南京。吾虽未全记忆，然武昌曾给五十万，上海三十万，乃是实事。此外当再有之。至南京所用者，亦皆切实，有报销可稽，请查财政部案便知。试思之，北京现在每月经费若干（非四百万乎？），以南京当时军队十余镇，各官厅全在，诸事草创，而所用乃仅数百万，虽以最粗之脑筋判断之，不亦可知其无他浮费耶？国民捐虽属国民党倡之，然绝未妨害借款交涉，借款中辍，乃因唐内阁更换，何与于国民捐事？厥后会议再开，不但无要挟益甚之事，且实较前轻减许多，国人皆有目共见。某氏未盲未聋，何不知之，信口造谣耶？至所举伦敦《泰晤士周报》、上海《汇文西报》，无一字提及南京政府用款，亦无一字提及国民捐，不知某氏举以为例将何为也，岂非头脑昏乱，自白虚妄乎？

原文曰："比款七百万，用途暗昧，外人啧有烦言，条件因而增剧。钝初乃以之归罪于京津兵变（在三月二号、三号），比款在三月二十二日通过参议院，嗣是以后，方接议大借款，不知从何扯入，其谬四。

"例五：银公司元年四月十二日说帖：中国屡次用款太多，不能实知其作何用处。近外人谣言迭起，英款不能再付，华比亦疑政府不甚巩固，是以中止。"

答曰：借款发起在兵变前，已上辨［辩］之。条件过剧，确在京津兵变以后，何能谓为无关？吾只言银行团以我现状未固，并未言条件过剧，即直接因兵变而起，有何不可？然则京津兵变，尚得谓现状已固乎？谓外人对于此变乱，丝毫无所动于心，将谁欺耶？原文所举四月十二日银行团说帖，中间有华比亦疑政府不甚巩固，此非即外人疑我现状未固之证耶？至谓外人因比款七百万用途暗昧，故条件加剧，南京政府所用若干，及用途正否，则皆有案可查，前已言之，则此理由又何能成立？银公司说帖中亦未尝言及南京政府，且亦与前文谓因国民捐不成，故要挟益甚之说，自相矛盾，不亦可笑之甚哉！

原文曰：（中略）"谓与总统有意见乎？吾见其运动内阁，当时媚事总统，唯恐勿至，水乳相容，已无间隙。谓与现在执政有宿怨乎？吾见其运动内阁，当时款宴访问，几无虚夕。钝初交际能名，轰传流辈，声气相投，已无隔膜。然则其太息痛恨，力诋狂詈，正自有故。韩子有言：'毁人者唯怠与忌，怠者不能修，忌者畏人修。'钝初当去秋在京,大肆运动,卒以能力不如,目的未遂,饮恨出京,其情可见。故乡蹈晦,四月于兹。今值瓜期,复动凤愿,追思旧事,弥触前嫌,因而亟力诋毁,一以发泄旧愤,一以排挤旧人,夫然后目的可偿,总理可望。其手段奇,其用心苦矣!吾以是知欧西政客,首重道德者之有由来也。嗟乎钝初,余复何言!"

答曰:以小人之心度君子,某氏有焉。世人诬吾运动总理,由来已久。吾虽无其事,实不欲辨[辩],且因以自励,盖已久矣。夫人立志为总理,岂恶事哉?而乃非笑之如是,吾实不解。国家既为共和政治,则国民人人皆应负责任。有人焉自信有能力,愿为国家负最大之责任,此国家所应欢迎者。美国小学生立志欲为总统,传为佳话。各国政党选举总统或组织内阁,其党魁之自负之运动之竞争为何如者?盖为国服务,本非权利,共和国之职事,亦非专制国之官爵可比,人苟可以自信,则不妨当仁不让,世之人亦只问其有此能力与否,不能谓其不宜有此志。吾人唯自愧无此能力,固不欲当此大责任。吾人之志则不讳言,实深愿将来能当此责任者也,且希望人人有此希望者也,唯枉道以得之,则不可耳。若乃目为野心,咸起非笑,则直是视民国职务与君主国之官爵相等。公等前此曾请安磕头,夤缘奔竞,得之则喜,不得则忧,久已养成此种龌龊心理,今以加之于人,又何足怪?吾人岂尚与公等较量耶?天下唯善媚事人者,往往疑人亦有其媚术,又唯善运动交际者，往往疑人亦擅此运动交际之能。嗟乎，燕雀安可以语于鸿鹄之志哉！

总而言之，我当日演说，虽是非难政府，皆系平心之论，其要旨在谓政府对于库事不应因循苟且，毫无办法，对于财政不应只知借款，只知为敷衍临时政府而借款，且不应为敷衍目前计，而允严酷之条件，使将来整理财政多所妨碍。某氏而欲答辩，只宜就此点论之，方为对的放矢，而乃舍此不为，徒事东扯西拉，捏词造谣，且以种种失败，皆谓系国民党之咎，其尚得谓之正当之辩论耶？吾人今更进一层言之，使孙、黄对于库事而果有所建言，然政府何为而听从之？某氏亦当局之一，既自诩明世界大势，又何为而不救正之？则其咎又岂在建言者？既听从孙、黄之言，必是深然其策，则当如何急起直追，以快刀斩乱麻，速解决之，方为尽职，乃何为迟迟不发，迁延半年，直至库约成立，始与俄使交涉？交涉得法，犹可补牢，乃迄今又将半年，仍未见有何等之端倪，则又何耶？某氏又将何以解之耶？又使借款事果为比款，用途暗昧，而条件加剧，然此是唐内阁时代事。唐既倒后，继任内阁已有二次，后此借款交涉，亦继任内阁从新开议者。继任内阁既知前此之病源，则当极力整作，恢复信用，其所经手各次垫款，零星借款，其用途正宜力矫比款之弊，不复使外人再有暗昧之事，前以用途暗昧而条件加重，今则应以用途不暗昧而条件减轻，乃半年以来，财政混乱如故，用途暗昧较前更加，外人信用毫未增长，借款条件虽稍退步，然犹以埃及待我，而我犹将受之其责，又将谁归耶？由此观之，库约、借款二事，即吾国民党甘自引责，政府亦不能辞其溺职之咎，况我党丝毫未尝有引责之余地耶？天下事自有是非公论，我今请世人平心论之。现政府果无因循苟且之罪乎？更请某氏平心论之，公所拥护之现政府，果可称为励精图治，丝毫可告无罪之政府乎？吾人非难政府，非与政府有恶感，只问其行事之若何，若以有恶感，而即故意非难之，则必以有好感，而故意逢迎之，此乃公等官僚卑劣之故态，吾人岂为之耶？吾人素来做事，不存权利之见，亦不畏强硬反对，吾唯行吾之素。噫，某氏乎公休矣！公作此文功甚高，勋一位，或一等嘉禾章，当即加于公等之头上。公等亦可踌躇满志，其速归乡里，夸耀宗族，骄父母妻子，且以一太牢一豚头祭告祖墓，勿再哓哓为此乱国之莠言，而厌世人之听闻也。

附言：日来各报载有北京救国团致各省都督、民政长、各报馆、各团体公电，亦驳予演说，其文辞大抵与某氏文同，盖与某氏同系统者，而东扯西拉，文理不通则过之。其所加驳者，吾之此文，皆能答驳，故不再驳。抑有进者，凡与人驳辩，须以堂堂之阵，正正之旗，匿名揭帖，或假造团体名义，皆有似盗贼之行为。今后再有此，吾人岂屑与较量耶？

代草国民党之大政见[1]

约 1913 年 3 月

吾人曩者大革命之目的何在乎？曰推翻不良之政府，而建设良政治也。今革命之事毕矣，而革命之目的则尚未全达，是何也？不良之政府虽倒，而良政治之建设则未全达，是何也？不良之政府虽倒，而良政治之建设则未尝有也。故民国成立，已届年余，而政治之纷扰，无一定策划如故也；政治之污秽，无扫荡方法如故也。以若斯之政府，而欲求得良善之政治，既不可能，亦不可望矣。则吾人今日所负责任，当继是进行，以赴吾人大革命最终之目的，努力从事于良政治之建设，而慰国民望治之热心，则所不能辞也。夫犹将倾覆之大厦焉，居者知危象之日著，非补罅棳隙所可将事也，乃共谋破坏之，而为永固之建设，则其目的非仅在破坏之成功，而在永固之建设可知也。及至破坏既完，乃不复殚精竭虑，为永固建设，使第成形式，

---

[1] 本文原载于 1913 年 4 月 2—7 日《民立报》，署名教仁。

即为已足，风雨一至，其易倾覆，固无异于曩时也。此苟安之计，非求全之策也。而今日民国之现象，则如是也。故吾人今后之进行，当觉悟于吾人目的之未达，本此现具之雏形，而为一木一石、一椽一栋之选择，坚筑基础，确定本干，则庶几大厦之建设乃完成，而始不违破坏之本意也。夫今日政治现象，既错乱而无头脑，而国民意思，亦无统系条理之可寻，则建设良政治之第一步，首宜提纲挈领，发为政见，公布天下，本此纲领，以为一致之进行，则事半功倍之道矣。吾党此届选举已占优胜，是国民所期望吾党者殷，而吾党所担负责任者重，爰举关于建设之大纲，以谋良政治之实现。吾党君子，其本此而奋励其进行焉。

一、对政体之主张

（一）主张单一国制。单一国制与联邦国制，其性质之判别，尽人能知，而吾国今日之当采单一国制，已无研究之余地。《临时约法》已规定吾国为单一国制，将来宪法亦必用单一国制，自不待言。唯今尚多有未能举单一国制之实者，故吾党不特主张宪法采用单一国制，并力谋实际上举单一国制之精神。此本党对于政体主张者一。

（二）主张责任内阁制。责任内阁制之精义，世之阐明者已多，无俟殚述，盖总统不负责任，而内阁代总统对于议会负责任是也。今吾国之现行制，责任内阁制也。然有责任内阁制之名，而无责任内阁制之实，故政治因之不举。吾党主张将来宪法上仍采用责任内阁制，并主张正式政府由政党组织内阁，实行担负责任。凡总统命令，不特须阁员副署，并须由内阁起草，使总统处于无责任之地位，以保其安全焉。此本政党对于政体主张者二。

（三）主张省行政长官由民选制以进于委任制。吾国省制，行之数百年，已成为一国政治之重心。将来欲谋吾国政治之发达，仍不得不注重省行政。省之行政长官，历来皆为委任制，将来地方制度既不能不以省行政长官为官治行政之机关，则省行政长官须依旧采用委任制，亦事理之当然。唯各省自反正以来，其行政长官之都督，由地方人民选举，行之既久，其以下各机关，亦大都由地方主义而组织而任用者甚多，且军政财政上之关系，亦无不偏重于地方，若遽以中央委任之省行政长官临之，其无生疏扞格之弊者几希，甚或因是以生恶因于将来预定之委任制焉，亦未可知。故吾党主张以省长委任制为目的，而以暂行民选制为逐渐达到之手段。此本党对于政体主张者三。

（四）主张省为自治团体，有列举立法权。在单一国制，立法权固当属中央，然中国地方辽阔，各省情形各异，不能不稍事变通。故各省除省长所掌之官治行政外，当有若干行政，必须以地方自治团体掌之，以为地方自治行政。此自治团体，对于此等行政有立法权，唯不得与中央立法相抵触。至于自治行政范围，则当以与地方关系密切之积极行政为限。其目的有六：一、地方财政；二、地方实业；三、地方交通业；四、地方工程；五、地方学校；六、慈善公益事业。皆明定法律，列举无遗，庶地方之权得所保障。此本党对于政体之主张者四。

（五）主张国务总理由众议院推出。《临时约法》规定，国务员须得参议院同意，其事行之，多所窒碍，固亟宜修正者。然吾人既主张责任内阁制，则尤希望此制之实现；欲此制实现，则莫若明定宪法，国务总理由众议院推出。若英国，为行责任内阁制之国，虽无明定国务总理由国会推出之宪法，然英宪法为不成文法，其习惯则英王所任命之国务总理，例为下院多数党人之首领，不可移易，实不啻由下院推出，且不啻宪法中有此明文。盖必使国会占多数之政党组织完全政党内阁，方举责任内阁之实，而完全政党内阁则非采用此法不能容易成立也。故吾党主张宪法中规定国务总理由众议院推出，以促责任内阁制之容易成立。其他国务员则由总理组织之，不须国会同意。此本党对于政体主张者五。

二、本党对于政策之主张

（一）主张整理军政。今日处于武装和平之世，对外方面，军备亟须扩张。然扩张军备，当自整理军政始。盖扩张军备之举，须待诸三四年后，而今日入手方法，则在整理军政，军政整理有秩序，而后始有扩张可言也。整理军政方法：一曰划分军区，于行政区域之外，别划分全国为数大军区，独立处理军事，使军民分治，易于实行。一曰统一军制，今各省军队之编制，亦至不一，分歧错乱，非军事所宜，故当使全国军队，按一定之编制，俾军制归于统一。一曰裁汰冗兵，军备虽应扩张，而冗兵则不可不裁，盖兵备贵精，其操练不勤、老弱无用者，理应一律裁尽也。冗兵既裁，然后于其强壮者，训练［练］成熟，使之成军，始可为扩张基础。一曰兴军事教育，欲扩张军备，则当求良好之将校,吾国今日将校人才异常缺乏,故此数年中亟宜振兴军事教育,以养成一般将校人才。一曰扩充兵工厂,吾国今日军备上最大缺点,则为器械不足,兵工厂只有数所,而制出品为数亦微,今日欲扩张军备,然无器械,与徒手何异?故宜极力扩充兵工厂,先使器械丰富。此数者,皆本党整理军政之计划,而本党对于政策所主张者一。

(二)主张划分中央地方之行政。欲划分中央地方之行政,当先明中央与地方之区别。中央为全国行政主体,即中央政府是也。地方为一区之行政主体,而在中央下者有二:一地方官治行政主体,即地方官;一地方自治行政主体,即地方自治团体。如是则可知地方自治团体与地方官治主体之区别,而划分中央行政与地方行政,乃中国宜采之制度,盖有三要义焉:一曰中央行政消极的多,地方行政积极的多也;一曰中央行政对外的多,地方行政对内的多也;一曰中央行政政务的多,地方行政业务的多也。既明乎是,则当知地方分权本不问官治自治。今世人之所谓地方分权,皆指地方官治言;而地方分权,实与地方自治不同。吾人不重在地方分权,而重在地方自治也。本乎此义,中央之行政权,宜重以政务之性质与便宜,分配于中央与地方,而中央则统括的,地方则列举的,故本党派主张之划分如下:

1. 中央行政,中央直接行之,其重要行政:曰军政(一行政,二事业);曰国家财政;曰外交;曰司法行政;曰重要产业行政(矿政、渔政、路政、垦地);曰国际商政;曰国营实业;曰国营交通业;曰国营工程;曰国立学校；曰国际商政（移民、通商、航政）。

2. 地方行政，分二种：一曰官治行政；一曰自治行政。官治行政以中央法令委任地方行之，其重要行政：曰民政（警察、卫生、宗教、礼俗、户口、田土行政）；曰产业行政；曰教育行政。若自治行政，地方自行立法，其重要行政：曰地方财政；曰地方实业；曰地方交通业；曰地方工程；曰地方学校；曰慈善事业；曰公益事业。此划分之大较也，而本党对于政策所主张者二。

（三）主张整理财政。中国财政，纷如乱丝，久言整理，而终无整理之望者，故由于不得其人，而亦以整理之非道也。整理财政之道若何？试约略举之：一曰励行会计制度，订会计法，立会计机关，为严密预算决算，并掌支纳，以尽祛浮滥之弊；一曰统一国库，现在国库久不能统一，宜将国家岁入，悉统一于国库，于中央设总库，于地方设支库，他机关不得代其职权；一曰设立中央银行，集中纸币发行权，吸地方官银局，立一规模宏大之中央银行，复集中纸币发行权于中央银行，其私家银行及地方银行不得发行纸币，使中央银行有支配全国金融界之能力；一曰整理公债，今日公债信用不坚，而利息则厚，且中央公债与地方公债担负不清，尤非所宜，此后当酌量情形，其应归诸中央者，则中央完全担负之，其应归诸地方者，则地方完全担负之，其息过重者，则换借之，其有公债之必要者，则新发之；一曰划定国费地方费，今者何为国费，何为地方费，殊不明晰，宜按国家行政与地方行政之划分，地方自治经费为地方费，余者皆为国费，属于中央，统一于国库；一曰划定国税地方税，此项划分，当依国费地方费为标准，事实上宜为地方税者，则为地方税，事实上宜为国税者，则为国税，划分之后，有应增加新税者，有应裁去旧税者（如厘金之类），总以有利无害为前提；一曰改良币制，行虚金为本位，中国币制，欲求实际达改良目的，当采金本位制，然事实上有所不许，盖中国金极少，而银极多，若骤改金本位，则大宗废银，无可销纳，必蒙巨大之损失，莫若先采虚金本位，制定一定之价格，以为国际汇兑，国中仍以银币为国币，使不生无意识之涨落，以渐期达于能行金本位之时代。此数者，皆本党整理财政之计划，而本党对于政策所主张者三。

（四）主张整理行政。整理行政最先之方法，而今后亟须本之进行，始可收整理之效者，约五大端：一曰划分中央与地方官之权限，从来中央与地方官权限，多不明晰，权限亟应划分，行政始可着手，若军政，若国家财政，若外交，若司法行政，若矿业行政，若拓植行政，若国际商业行政，若国有交通业，若国有实业，若国立学校，若国家工程等，宜为中央各部所直辖，或于各省特立机关掌之，地方官不复过问，若警察行政，若卫生行政，若户口行政，若田土行政，若宗教行政，若礼俗行政，若教育行政，若产业行政等，宜为省行政长官所掌握，由中央以法令委任之，夫如是，中央与地方官之权限，乃可无虞其冲突；一曰汰冗员，现用人行政，为人择事，并非为事择人，故各机关冗员异常众多，故宜严定职掌，凡属冗员，务期汰除净尽而后已；一曰并闲署，国家财政支绌，多一机关，即多一消费，然为便利政治推行，则机关固有不可不立者，唯闲署处于无用之地，可裁则裁，可并则并，以节国费；一曰励行官吏登庸考试，今日任用官吏，往往用违其学，或毫无学识，仅由私人汲引者，故政治日趋腐败，宜励行官吏登庸考试，庶得各尽所长，而真才易得；一曰实行惩戒官吏失职，前此官吏之纵肆无忌，而今亦不免者，以官吏虽失职，而不能惩戒于其后也，故欲政治修明，非实行惩戒官吏失职不可，是二项均须专立考试及惩戒机关，而以法律为之保障，以免为官吏势力所摧残。此数者，皆本党整理行政之计划，而本党对于政策所主张者四。

（五）主张开发产业。中国今日苟欲图强，必先致富，以国内贫乏之状况，则目前最亟之举，莫若开发产业，第举首宜进行者数端：一曰兴办国有山林，中国有最佳最大之山林，政府不知保护兴办，弃材于地，坐失大宗利源，今农林既特设专部，则国有山林宜速兴办也；一曰治水，中国本农产国，然以人力［水利］不修，时遭水患，以致饥馑频闻，今欲民间元气之回复，农产物之发达，则当治水；一曰放垦荒地，以未辟荒地，放于人民，实行开垦，以尽地利；一曰振兴矿业，中国矿产有十之八九尚未开掘，非民间物力有限，不能开掘，实政府保护不得其道，故今后宜特提倡或保护主义，使之振兴；一曰奖励仿造洋货工业，工业窳败，由来已久，其当奖励者，固不止一端，而仿造洋货工业，奖励尤宜力，盖外货充塞，母财流出日多，故须亟提倡仿造，以为抵制；一曰奖励输出品商业，今世界列强皆以工商立国，商战日烈，吾国当其漩涡中，输入之额超过输出之额，不亟奖励输出品商业，行将坐毙。此数者，皆本党开发产业之计划，而对于政策所主张者五。

（六）主张振兴民政。民政之事，当为中央委任地方办理，其振兴之道，又得而言：一曰整顿警察，警察为保持地方治安，须切实整顿，并普及我各地；使军队专事对外；一曰厉行卫生，中国地方卫生素不讲求，以致厉疫时起，民生不宁，故宜励行卫生，谋人民幸福；一曰厘正礼俗，社会之良否，系于礼俗之隆污，故敝礼恶俗，亟宜厘正，以固社会根基；一曰调查户口，往日调查户口，多属敷衍，尚无确数，今后宜再行切实调查；一曰励行地方自治，中国地方自治，向不发达，如地方自治范围中，地方实业，地方财政，地方交通业等，均须励行。此数者，本党整理民政之计划，而本党对于政策所主张者六。

（七）主张兴办国有交通业。交通事业，其为完全商办者无论已，若国有交通，则政府急宜兴办，责无可辞者也。其应兴办者：一曰急办国有铁道，铁道建筑，与实业固有极大关系，而与军事上国防上亦属紧要，应酌量现状，审其缓急，急办国有铁道；一曰整理电信，一曰扩充邮信，邮电二者，虽久举办，然或未完善，或未普及，故宜切实整理而扩充之；一曰兴办海外航业，列国皆谋于海上称雄，而我一蹶不振，不特海军之不足数，而外海航业亦极幼稚，故首宜振兴外海航业，以发达商务；一曰整理铁路会计，中国铁路会计，弊端丛生，欲尽蠲诸弊，宜使铁路会计机关独立，严立预算决算，并兴办交通银行等。此数者，皆本党兴办国有交通业之计划，而本党对于政策所主张者七。

（八）主张振兴教育。教育为立国根本，振兴之道，不可稍缓。其今日所极宜振兴者：一曰法政教育；一曰工商教育；一曰中学教育；一曰中小学师范教育；一曰女子教育。法政教育，所以使国民多得政治常识。工商教育，所以输进工商新知识，发达工商。中学教育，为小学之模范，大学之基础。中小学师范教育，所以为普及教育之第一步，而养成师范人才。女子教育，所以增进女子知识，发达女权。此数者，皆本党振兴教育之计划，而本党对于政策所主张者八。

（九）主张统一司法。司法为三权之一，亟宜统一。其今日统一方法：一曰划一司法制度，各省司法制度，并不一律，宜实行四级制，使各省归于统一，其未设裁判所地方，亦须增设；一曰养成法官律师，盖增设裁判所，则今之法官尚行缺乏，一面养成法官，并设法保持法官地位，俾司法得以独立，一面养成律师，以保障人权；一曰改良监狱，中国监狱制度极形野蛮，今宜采仿各文明国监狱制度，极力改良。此数者，皆本党统一司法之计划，而本党对于政策所主张者九。

（十）主张运用外交。今者吾国积弱，非善运用外交不足以求存；然欲运用外交，非具世界之眼光，不足以尽其用。中国向来外交，无往而不失败，盖以不知国际上相互之关系，一遇外人虚声恫喝，即唯有让步之一法，是诚可伤者也。外交微奥，有应时发生者，未可预定，亦难于说明，唯外交方针，则可约略言之：一曰联络素日亲厚之与国，今（吾）国于世界，孤立无助，实为危象，故必联络素日亲厚之与国，或缔协约，或结同盟，或一国，或数国，俱为当时之妙用；一曰维持列国对我素持之主义，吾国现势，非致力对外之时，故宜维持列国对我素持之主义，使之相承不变，而得专心一意于内政之整理。此数者，皆本党运用外交之计划，而本党对于外交所主张者十。

总上所述，皆本党所主张，提纲挈领，略得其凡。苟本是锐意进行，则良政治可期，国利民福之旨可达。国民若赞成吾党所陈之政见，则宜拥护吾党，以期实行。吾党所抱之主张，唯国民审择之焉。兹第叙其概略，欲知其详，请俟专篇。其不过于重要之问题，亦不备叙述，非忽略也。

遇刺后致袁世凯电①

1913 年 3 月 20 日

北京袁大总统鉴：

仁本夜乘沪宁车赴京，敬谒钧座。十时四十五分，在车站突被奸人自背后施枪，弹由腰上部入腹下部，势必至死。窃思仁自受教以来，即束身自爱，虽寡过之未获，从未结怨于私人。清政不良，起任改革，亦重人道，守公理，不敢有一毫权利之见存。今国基未固，民福不增，遽尔撒手，死有余恨。伏冀大总统开诚心，布公道，竭力保障民权，俾国会得确定不拔之宪法，则虽死之日，犹生之年。临死哀言，尚祈鉴纳。宋教仁。哿。

---

① 本文原载于 1913 年 3 月 22 日《民立报》，题为《痛苦中之不忘国事》，其序语云："宋先生于受伤至医院时，犹授意黄克强先生代拟致袁总统电文一通。"

《中国秘密社会史》叙

1912 年 5 月

吾友古研氏既集合支那三合、哥老诸党会之历史行事，著为书，属余为弁言简端，乃言曰：异哉，读支那历史。自秦汉以降，上下二千年间，革命之事殆居十三四，盖未尝不与秘密结社有因果关系也。新室不吊，绿林诸英揭竿起于草泽，白水真人乃为天子。卯金之数将终，三十六方黄巾扰之，则兆三分之局。杨隋之衰也，瓦岗诸群首难，而有唐以受命。元之亡，以烧香聚众之徒遍天下，皇觉寺僧兴焉。明末流寇海盗相继起，八牛运尽矣。自清现治世，诸夏变为夷狄，有明遗老逸民，思攘夷大义，为虏埋没，则相与结合诸党会，冀存微旨，以收功将来，是三合、哥老之名所以始。厥后初作难发于台湾，川湖陕扬导之。太平洪氏用集大成，光复之声，果不泯坠也。盖革命事重大，非豫为酝酿郁积久之，不克自发抒者；而攘夷大义，非徒外铄，尤需有所载之，以为播殖也。今诸党会，其行或不轨于正义，为世诟病，然其富团结力，守秩序，重然诺，急公死义，不爱其身躯，心倦倦乎胜国，历世合群不变，希冀一当，不要有足多乎？使再节制其群，广展其宗义，化而如欧美之民党工会，其结局必有以进于新汉隋唐元明季世诸党会之所为，岂第为高材捷足者驱除已哉？以是质诸古研氏，以为何如？

复孙武书[①]

1912年7月4日

接读手书，劝弟以不宜遽萌退志，并以不可负气灰心相戒，所以奖励而督责之者备至。仰见真诚爱国，并推爱及弟，人非木石，能无感愧？

虽然，弟此次所以辞职，固有不得已之苦衷。政治施展之方，不一其途，此途不遂，则转而之他，或暂退以待，原无所不可。弟虽无似，岂悻悻然为小丈夫之所为者耶？公肇造民国，险阻艰难，备尝之矣。政治方术，定为解人，故谨述衷曲，以明真实，幸垂听焉。

政治家之生活，以政见为要素者也。既有一政见，以为非此不足以达国利民福之所祈向，则未有不希望其政见之实行者，此天下之通义也。弟此次忝任国务，分治农事，当此急则治标之时，而为此迂缓之任，已非中心所愿；然犹以为既列阁员之群，亦参赞大政方针之一人，则主持所

---

① 本文原载于1912年7月4日《民立报》。

信之政见，以期见诸实行，或亦易事，故姑且承乏其间，以图展布有日。弟尝潜观宇内大势，默筹治国方策，窃以为廿世纪之中国，非统一国家、集权政府不足以图存于世界。而当兹丧乱之后，秩序败坏，生计凋敝，干戈满地，库帑如洗，外则列强未之承认，内则各省俨成封建，尤非速行军民分治，集中行政权力，整理军队，厉行救急财政计划，不足以治目前之危亡；而欲行此种政策，更非国务员全体一致，志同道合，行大决心，施大毅力，负大责任，排大困难，坚忍以持之，忠诚以赴之，不足以见最后之功效。乃弟自入国务院以来，迄今已将三阅月，大政方针，茫然未见，日开会议，唯问例事，军民分治之方法如何？未尝研究；集中行政权力之手段如何？未尝提议；言裁兵，而各省兵权无收回之策；言理财，而六国银行团垫款用尽后之财政，无善后之方，因循苟且，以延时日，是国务院无全体一致，志同道合，实行大政方针之精神，已可想象而知。虽唐总理有提纲挈领之志，各部总长各有励精图治之心，而人自为战，互相掣肘，不复成为有系统、有秩序之政见；加以党见纷歧，心意各别，欲图和衷共济，更所难得。夫如是而求其成立集权政府，建设统一国家，岂非缘木求鱼之类乎？

前月十二日，弟以愤懑之余，目睹借项条件受亏，此心如焚，不能复息，乃于国务会议时，提议决定临时政府大政方针，痛陈国家危机与政府不可不大决断以速图救济之故。各皆感动，令弟试草一大政方针之案，并约明日开特别会决定，再明日送交参议院。弟得此命，以为自此政府当大有转机，遂于是夕草政见书，彻夜不寝。次日夕，各员皆集院，将讨论此书，乃突接熊财政总长辞职信。众惊，遂中辍讨论而往熊君寓，百方劝留，夜半方归，政见书遂未决定。次日为出席参议院发表此政见之期，各员皆赴议场，而唐总理以政见书尚未决，不敢提出，仅告以借款情况。议员群起诘责，总理受窘而归，则有辞职之议，政府动摇，经数日乃已。于是，弟所提议之大政方针案，遂无有人论及者。厥后，弟又提议一二次，亦无有响应者。弟自是乃确知此政府之不足有为，辞职之心不可遏矣；然犹以为须俟借款事定始可发，故迟迟以迄于今也。今者唐总理业已辞职，则是政府动摇之端已开，弟于是正得告退之一好机会矣。今后任命新总理，其为何人，虽不可知，然弟敢为豫下一断语，其必非能行弟所主张之大政方针之人物，则彰彰也。若犹复游移不决，伈伈睍睍，以伴食其间，人纵不议其后，其如自己良心之责备何哉？（有谓弟为唐总理负连带责任而退者，更皮相之论。）夫合则留，不合则去，原为政治家之常轨。弟虽不足与于政治家之列，然亦窃尝闻其义矣。今弟之所抱既不能合于已往或将来之当局，则挂冠而行，亦当然之事，又何所容其顾虑耶？至于辞职之后，拟一归省十年久别之慈帏，然后尽力党务，苦战奋斗，伸张所信之政见，以求间接收效异日。天假之缘，或有实行之一日，其结果与恋恋目下之国务院中，当胜数倍。大隈重信云："政治为吾人之生命，吾人一日未死，一日不忘政治。"弟昔颇私淑其说，负气灰心之事，固断断乎无有也。尚乞公察弟境遇，鉴谅一切，勿事苛责，不胜愿望之至。

闻公已南旋,在京只一晤谈,未克畅意为歉。不日弟勾当讫,当于江汉之间再图握手耳。言不逮意,敬候伟安。

弟宋教仁顿首

呈袁总统辞职文[①]

1912年7月8日

为沥陈下情恳准辞职事：教仁自奉钧命，承乏农部，夙夜祗惧，期于国事稍有裨益。乃任事已及三月，部事既未就绪，国务亦不克有所赞助，伴食之讥，在所不免，虽由于开创时代，建设事业之不易，实由于教仁政治之素养与经验不足，有以致之。抚躬自问，深为惶恐，屡欲向我大总统呈请辞职，以避贤路，以民国新立，人心易动，不敢以一人之故，摇撼大局，故隐忍未发。今者国务总理唐绍仪已辞职，国务院亦有改组之势，教仁窃幸得告退之机会，谨披沥下情，恳请准予解职。抑教仁更有不能已言者。教仁少孤，长避地东瀛，历十余年，未尝一归觐也。迩来祖母、长兄相继去世，唯母氏抚媳课孙，撑持门户；近且七旬矣，思子情切，门闾倚遍，每手示促归，谓教仁知有国而不知有家，知有亲爱同胞而不知有生身之母。教仁捧

---

① 本文原载于1912年7月8日《民立报》。

书涕泣，悔恨者久之，终以迫于旧政府禁忌，欲束装而不能；然当阴雨晦暝，或长夜不寐时，一念及鞠育之恩，未尝不抚膺长叹，冀早毕吾事，而因得稍伸其孝养之诚。今共和告成，国基底定，正教仁退休故园，定省温情之日也。倪犹迟迟恋栈，上何以慰慈帏之望，下何以问人子之心，即向之海外羁迟，亦将无以自解。人孰无情，教仁独忍出此耶？伏维大总统俯鉴愚忱，准解农林总长之职，俾得归省慈帏，遂乌私之养，作太平之民，是所至愿。教仁思亲情切，率直上陈，不胜迫切待命之至。谨呈。

国民党宣言[1]

1912 年 8 月 13 日

一国之政治，恒视其运用政治之中心势力以为推移。其中心势力强健而良善，其国之政治必灿然可观；其中心势力脆薄而恶劣，其国之政治必暗然无色。此消长倚伏之数，固不必论其国体之为君主共和，政体之为专制立宪，而无往不如是也。天相中国，帝制殄灭，既改国体为共和，变政体为立宪，然而共和立宪之国，其政治之中心势力，则不可不汇之于政党。

今夫国家之所以成立，盖不外乎国民之合成心力；其统治国家之权力，与夫左右此统治权力之人，亦恒存乎国民合成心力之主宰而纲维之。其在君主专制国，国民合成心力趋重于一阶级，一部分，故左右统治权力者，常为阀族，为官僚；其在共和立宪国，国民合成心力普遍于全部，故左右统治权力者，常为多数之国民，诚以共和立宪国者，

---

[1] 本文原载于 1912 年 8 月 18 日《民立报》。

法律上国家之主权，在国民全体，事实上统治国家之机关，均由国民之意思构成之。国民为国家之主人翁，固不得不起而负此维持国家之责，间接以维持国民自身之安宁幸福也。唯是国民合成心力之作用，非必能使国民人人皆直接发动之者，同此圆顶方趾之类，其思想知识能力不能一一相等伦者众矣，是故有优秀特出者焉，有寻常一般者焉；而优秀特出者，视寻常一般者恒为少数，虽在共和立宪国，其直接发动其合成心力之作用而实际左右其统治权力者，亦恒在优秀特出之少数国民。在法律上，则由此少数优秀特出者组织为议会与政府，以代表全部之国民；在事实上，则由此少数优秀特出者集合为政党，以领导全部之国民。而法律上之议会与政府，又不过借法律俾其意思与行为为正式有效之器械，其真能发纵指示，为代议机关或政府之脑海者，则仍为事实上之政党也。是故政党在共和立宪国实可谓为直接发动其合成心力作用之主体，亦可谓为实际左右其统治权力之机关。

夫政党之为物，既非可苟焉以成，故与他种国家之他种中心势力同其趋向，非具有所谓强健而良善之条件者，不足以达其目的。强健而良善之条件者非他，即巩固庞大之结合力，与有系统有条理真确不破之政见是也。苟具有巩固庞大之结合力与有系统有条理真确不破之政见，壁垒既坚，旗帜亦明，自足以运用其国之政治，而贯彻国利民福之蕲向，进而组织政府，则成志同道合之政党内阁（责任内阁制之国，大总统常立于超然地位，故政党不必争大总统，而只在组织内阁），以其所信之政见，举而措之裕如，退而在野，则使他党执政，而己处于监督之地，相摩相荡，而政治乃日有向上之机。是故政党政治虽非政治之极则，而在国民主权之国，则未有不赖之为唯一之常规者。其所以成为政治之中心势力，实国家进化自然之理势，非如他之普遍结社，可以若有若无焉者也。

今中国共和立宪之制肇兴久矣。举国喁喁望治，皆欲求所以建设新国家之术，然为问国中，运用政治之中心势力果何在乎？前识之士，皇然忧时，援引徒众，杂糅庞合，树帜立垒，号曰政党者亦众矣，然为问适于为运用政治之中心势力者谁乎，纵曰庶几将有近似者焉，然又为问能合于共和立宪国之原则，不以类似他种国家之他种中心势力杂乎其间，而无愧为共和立宪国运用政治之中心势力者谁乎？质而言之，中国虽号为共和立宪，而实无有强健而良善之政党焉，为运用政治之中心势力而胜任愉快者。夫共和立宪国之政治，在理未有不以政党为中心势力，而其共和立宪犹可信者。而今乃不然，则中国虽谓为无共和立宪国之实质焉可也。嗟乎！兴言及此，我国人其尚不知所以自反乎？我国人之有志从事于政党者，其尚不知所以自处之道乎？

曩者吾人痛帝政之专制也，共图摧去之，以有中国同盟会。比及破坏告终，建设之事，不敢放置，爰易其内蕴，进而入于政党之林。时则俊士云起，天下风动，结社集会以谈国家事者比比焉。吾人求治之心，急切莫待，于是不谋而合，投袂并起，又有统一共和党、国民公党、国民共进会、共和实进会之组织。凡此诸党，蕲向所及，无非期利国福民，以臻于强健良善之境。然而志愿虽宏，力行匪易，分道扬镳，艰于整肃。数月以来，略有发抒，而不克奏齐之功用，树广大之风声，所谓不适于为运用政治之中心势力者，吾诸党盖亦不免居其一焉（此吾人深自引责，而不能一日安者）。若不图改弦更张之策，为集中统一之谋，则是吾人放弃共和国民之天职，罪莫大焉。且一国政党之兴，只宜二大对峙，不宜小群分立。方今群言淆乱，宇内云扰，吾人尤不敢不有以正之，示天下以范畴。四顾茫茫，此尤不得不以此遗大图艰之业，自相诏勉者耳。爰集众议，而谋佥同，继自今，吾中国同盟会、统一共和党、国民公党、国民共进会、共和实进会相与合并为一，舍其旧而新是谋，以从事于民国建设之事，以蕲渐达于为共和立宪国之政治中心势力，且以求符于政党原则，成为大群，借以引起一国只宜二大对峙之观念，俾其见诸实行。

共和之制，国民为国主体。吾党欲使人不忘斯义也，故颜其名曰"国民党"。党有宗旨，所以定众志。吾党以求完全共和立宪政治为志者也，故标其义曰：巩固共和，实行平民政治。众志既定于内，不可不有所标帜于外，则党纲尚焉，故斟酌损益，义取适时，概列五事，以为揭橥：曰保持政治统一，将以建单一之国，行集权之制，使建设之事纲举而目张也；曰发展地方自治，将以练国民之能力，养共和之基础，补中央之所未逮也；曰励行种族同化，将以发达国内平等文明，收道一同风之效也；曰采用民生政策，将以实行国家社会主义，保育国民生计，以国家权力，使一国经济之发达均衡而迅速也；曰维持国际平和，将以尊重外交之信义，维持均势之现状，以专力于内治也。凡此五者，纲领略备，若夫条目，则当与时因应，不克固定。

嗟乎！时难方殷，前途正远，继自今吾党循序以进，悬的以赴，不务虚高，不涉旁歧，孜孜以吾党之信条为期。其于所谓巩固庞大之结合力，与有系统有条理真确不破之政见，庶几可以计程跻之乎！由是而之焉，则将来运用政治之中心势力，亦庶几可以归于政党之一途，而有以副乎共和立宪国之实质。世之君子，其亦有乐与从事者乎！是尤吾党之人所愿为执鞭者耳。

中华民国元年八月十三日
中国同盟会本部、统一共和党本部、
国民公党本部、国民共进会本部、
共和实进会本部公布

祝《军事月报》文

1912年11月15日

噫吁嚱，泱泱乎壮哉！有物焉，磅礴鼓荡，蹈厉发扬，震若迅雷，凛若秋霜，直耸动数百载，不生不死，不痛不痒之睡狮，欻然昂头伸尾，奋爪怒目，吼声霹雳，纵横跳跃而腾张，东荡西扫，北鬻南翔，撼山岳，靖槜枪，合汉、满、蒙、回、藏五大族，铸成铁血之军人，相与赴汤火，蹈白刃，飙五色旗于四极，而鞭挞乎八荒，翳由何道而可至？是曰唯军国主义之提倡。溯吾华兵家之鼻祖，肇自上世之轩皇，馘蚩尤于涿鹿，乃奠定乎家邦。下逮商周，以迄汉唐，或氐羌淮夷，来享来王，或铁岭东西，天山左右，名王酋长，咸稽首阙廷，歌舞而称觞。蒙古两耀兵于东欧之域，朱明三饮马于卢朐之阳，是皆我黄种势力之膨胀，武烈之发皇。世运递变，盛衰靡常，抚今追昔，亦犹梁惠<王>叹晋国之莫强。盱衡四顾，禹甸茫茫，他族逼处，门进虎狼，剚［鼾］睡我卧榻，虔刘我边防，是非习韬钤，炼锋锥，厉十万横磨剑，洗三千毛瑟枪，与之冲激海工，角逐疆场，几何不沦胥以亡？唯《军事月报》之椽笔，振四百万兆之聋盲，人貔貅而士熊虎，国磐石而城金汤，进若飘风疾雨，止若铁壁铜墙，要使吾中华民国，雄飞大地，西凌乎欧美，而东驾乎瀛海扶桑。乃叹穰苴之司马法，孙吴之谈兵书，其作用效力，皆不足与《军事月报》较低昂。谨瓣香翘首而颂曰：盛哉乎民国，亿万年有道之长，《军事月报》亦与之无疆！

江汉大学之前途

1912 年 12 月 24 日

民国江汉大学校总理宋教仁、协理蒋翊武、校长石瑛、教务理事李祖贻、内务理事黎尚雯等呈请教育部及黎副总统通咨各省都督文云：为呈请事：窃以措国家于磐石，端赖贤豪，范人士于炉锤，全资教育；况当大局初定之秋，尤为百废待兴之会，经纬万端，事机丛集，外则欧风美雨，咄咄逼人，内则噩耗暗潮，时时发现。感坠天之有象，忧切杞人；念炼石之可为，补怀娲氏；械朴作人，髦士为之崛起；菁莪造士，成周因以肇兴。教仁等以武汉居全国适中之地，为共和发轫之区，四方道里，遐迩尚觉均平，各路交通，去来亦称便利。形势既占优美，文明乃易灌输，爰就此间创设斯校，借江汉之炳灵，留中华之纪念，范围取其宽宏，教育期以普遍，合教蒙满回藏，陶熔一致，不问东西南朔，畛域胥泯。此风始播，薄海同声，负苏章之

---

① 本文原载于 1912 年 12 月 24 日《民立报》。

笈，千里来游，等杨震之门，多槐成市。综其现额，已达六百余名，若论籍居，亦经十四五省。课程将满一期，班次现分四项，计大学预科、政治科、经济科、法律科。遵照定章，限年毕业，业经呈由大部，核准在案。唯经营伊始，困难异常，款项拮据，若磬悬而无恃，校基褊隘，复人满而难容。目前之建设方殷，来日之规划宜预，仪器图画，当分门而准备，农工商矿，宜按日而开班。凡兹一切之设施，均借多钱之挹注，一木势孤，岂能支乎？大厦众擎举易，是所望于群豪。前蒙湘都督谭，暂拨开办及常年费各一万元，并允再行加筹，接济在案。唯大学本众材陶冶之场，武汉又全国观摩所系，教科当达完全，校舍尤宜开拓，事体重大，非一省经济所能扩充，费用浩繁，无常年巨赀难持久远。查大部划定大学区域，凡北京、武昌、江宁、广州四处，皆得设立大学。敝校发起最早，又在部定学区之内，组织有条，规模粗具，一秉部章办理，可否直接由大部提款收办，抑或准予酌给津贴，并通咨各省都督，筹拨开办及常年经费，以资协济而策进行？又敝校校址未定，栋宇宜崇，恳即转咨鄂都督，于省垣旧署书院学校及各栈之中，择一阔大壮丽之处作为校舍，以示依归。强国之要，学战为先，希望甚大，誓同世界争雄。后事方长，当与同人共勉。所有敝校一切应如何规定之处，理合具文呈请察核，明示办法，赐复施行。须至咨者。

程家柽革命大事略[①]

约 1912 年

程家柽，字韵孙，一字下斋，江南休宁人也。少孤，受公羊之学于同郡卓峰胡氏、仁和复堂谭氏。治经生家言，著书甚富。及长，洞烛古今中外兴亡之理，喟然于君主专制之不足为法，必以大道为公之心，为天下倡。新安居万山中，无足与言大事者，以武昌为南北枢纽，位长江上游；

---

① 本文见于宋教仁、景定成《程家柽烈士革命大事略》，1928 年出版。冯自由将其旧存抄稿一份发表于《国史馆馆刊》第一卷第 3 号，并作了注释。其按语云：" 考宋君撰述此文之原意，全在为君（指程家柽）辩诬释谣，以正视听……盖自民前七年乙巳同盟会成立后一二年，君以党内迭起纠纷，因有自赴北京实行革命之志，谓不入虎穴焉得虎子。抵北京后，恃其曾数任东游满廷诸亲贵译员之因缘，奔走豪门，颇得肃王善耆及尚书铁良之信任。"" 及民元南京政府成立，君尝诣宁晋谒孙大总统，后复出席革命先烈追悼会，一部党员指为变节事满，拟逐诸门外，赖黄君克强及宋君极力调解始已。事后宋君以君满腔热血，竟不为同志所谅解，特为文代其辩白，以释众疑，是即此文之所由作也。"

南皮张氏督楚，设两湖书院，为教异于他邦，杖策往游，一试拔为上舍生。君数数与同舍言汉满种族之别，司校者恶之。适游学议起，君走日本东京。

留学不过二百人，无有知革命之事者，唯言维新而已。前大总统孙文侨居横滨，其踪甚秘，君百计求之，不克一见。香山有郑可平者，设成衣肆于筑地，借制校服，与其友善。可平固三合会员，君告以故，可平允为谋之，越半年，始得辗转相握手。君意孙文革命首魁，所党必众，岂料所谓兴中会，以康有为之煽惑，率已脱入保皇党。孙文唯偕张能之、温秉臣、尤烈、廖翼朋者数人，设中和堂于横滨，其势甚微。孙文为君言民族、民权、民生之理，及五权分立，暨以铁路建国之说。君闻所未闻，以为可达其志，请毕生以事斯语，曰："欲树党全国，以传播之。"孙文唯欲东京留学中联属二十人，以陆军十人，率两粤之三合会、长江之哥老会为起义之师；以法政十人，于占据城池后，以整理地方及与外人交涉。君心少之。

庚子拳匪之乱，君倡议学界起兵，以清君侧为名，先八国联军而入京，则复国犹反掌也。吴禄贞、傅慈祥、刘道仁（原名赓云）、黎科、郑葆丞等胥赞其说。无何，汉口事败，傅慈祥、黎科、郑葆丞殉国，禄贞遁自大连。

先是，东京有所谓励志会者，众心激励，先导自居，旋以碱于刑戮，移心仕宦。君鄙之，爱偕戢翼翚、沈翔云、秦力山、张瑛绪、王宠惠设《国民报》，鼓吹革命学说，择励志会中之意气发舒者，别为青年会，以爱岩山下对阳馆为与孙文秘密过从之所，校课之暇必一访之，与日人宫崎寅藏、平山周、内田良平、末永节等熟筹鼓吹方法。而国人之居东者，尚多味［昧］于民族之义，商于孙文与章炳麟、秦力山，创二百四十二年亡国纪念会。清钦使蔡钧恐其浸淫于人心，乞日警察禁之。而学界革命之思想，至是已有一日千里之势，如钮永建、吴敬恒、万廷献、吴绍磷皆于是时由君荐与孙文交欢者也。

会俄人满洲撤兵违约，君以人心奋懑，至此已极，以拒俄为名，开大会于锦辉馆，痛哭宣言，誓以排满为事，以在东京健者，编为义勇队，设分队于上海，推蓝天蔚为统带，意欲拥戴今大总统袁世凯为革命军长，请钮永建、汤槱归国上书袁世凯，为席卷中国之计。事为清廷所知，遽尔中止。义勇队嗣名学生军，又改名军国民教育会。黄兴、刘揆一是时正习师范学于弘文学院，革命思想，君与李书城实开其牖，遂深中于其心。黄兴毕业归国，爰以上海之军国民教育分会改为爱国学社，说者谓湖南之华兴会，安徽之武毅会，浙江之光复会，皆由是而出，其时为民国纪元前之十年也。是年秋，复游金陵，联合张通典；游安徽，联合潘赞华；游湖北，联合刘成禺，且劝其肄习陆军，规划光复。清吏于两湖书院除君之名，悬赏捕之。

国人因拳匪乱后，知闭关之不足自存，竞谈新学。江介大侠磬遁老儒，其聚于东京者，近将万人。君之旧友刘成禺、潘赞华以次东渡，力为联合革命之说，日以益振。陕西、山西来游渐多。有老儒吉田义一者，一熟法国革命史，君请其讲演，而伪其名曰"政治史"，君执译事义务弗辍，其开发人心，尤不在少数。其有碍于言论，则偕其游于犬养毅、宫崎寅藏家,令其晓以大势,务使豁悟乃已。而黄兴、宋教仁以马福益之军起义湖南,军败出走,田桐、白逾桓、但焘亦游学之东,以同志日渐加多,意欲设立会党,以为革命之中坚,以谋诸君。君力阻之,谓革命者阴谋也,事务其实,弗唯其名,近得孙文自美洲来书,不久将游日本,孙文于革命名已大震,脚迹不能履中国一步,盍缓时日以俟其来,以设会之名奉之孙文,而吾辈得以归国,相机起义,事在必成。宋教仁、白逾桓、吴昆、田桐、罗杰、鲁鱼、陈天华偕君等著一书报,曰《二十世纪之支那》,专以鼓吹革命为事,以君总其成,而充编辑长。因触居留国忌讳,被其封禁,报没收入官,君几人异域之缧绁,以大隈重信、犬养毅为其排解,方得免祸,而侦探遂日尾随于君后矣。无何,孙文自美洲游日本。君集陈天华、黄克强、宋教仁、白逾桓、田桐、张继、但焘、吴旸谷与孙君会议于君之北辰社寓庐。孙文所斤斤者,仍以二十人为事,自午迄酉,尚未能决。君以历年所筹划者,默体于心,谓开山引泉,已达大川,奚事涔蹄之量,以二十人为哉?于是开欢迎大会于富士见楼,到者将三千人,君痛言革命之理,鼓掌之声,上震屋瓦,孙文大悦。君谓国人革命之心,自明亡国,秘密结社,到处皆是,唯各自分立,不相系属,其势弱微,不克大举。譬之太平天国洪、杨之军,所以与湘、淮之冲突者,盖以三合会与哥老会、安清道会先未相通也。观于苗霈霖、张宗禹之与太平,同为清廷之仇敌,而不能联为一贯,则其事可以知矣,曾国藩、李鸿章何能为哉?必其联合留学,归国之后,于全国之秘密结社有以操纵之，义旗一起，大地皆应，旬日之间，可以唾手而摧虏廷。若兵连祸结，则外人商业必受损害，而戎马倥偬，军士非尽受教育，则焚教堂杀外人所不能免矣。外交牵涉，国难骤立。今留学既众，曷若设革命本部于东京，而设分部于国内通商各口岸，他日在东留学，毕业而归，遍于二十二省，则其支部之设，可以不谋而成。众佥曰善。越日开成立大会于赤坂区桧町十五番地内田良平家。适有心怀首鼠而昧于孙文之为人者，崛然起立，诘问于孙文曰："他日革命告成，先生其为帝王乎？抑为民主乎？请明以告我。"其在会场近三百人，正演说畅酣，闻诘问之言，忽然如裂帛中止。孙文、黄兴不知所谓，默然莫对，会之成否，间不容发。君知事急，乃越席而言曰："革命者，国人之公事也，孙先生何能为君主民主？唯在吾人之心中，苟无慕乎从龙之荣，则君主无自而生。今日之会，唯研求清廷之当否革除，不当问孙先生以帝王民主也。"议乃决，争具盟书，名之曰"中国同盟会"。其时为民国纪元前七年八月十六日也。公推孙文为会长，黄兴为庶务长，田桐为内务部长，胡衍鸿为文事部长，廖仲恺为会计部长，以君在东日久，推为外交部长，改《二十世纪之支那》曰《民报》。而二十二省各选分会长一人，以本部总其成焉。

与张防赁小室于江户川侧，榜之曰"轰天隐"；以湘鄂人士气锐才高，性尤慄悍，多与交游，冀收首义之助。清廷惧甚，乞日文部省颁所谓留学生取缔规程者，欲以间接钳制吾党。学界大愤。同盟会已成立三阅月，入会者居学界之大半，君谓宜檄令归国，以扩党势。密为檄，遍布国人所居。崇朝之间，怒潮陡起，相要罢学归国，胡瑛实为之首。至陈天华赴大森之海死之，而革命种子遂遍播于全国。君唯从容与日文部省交涉，令所颁规程停止其实行。

北京大学于是时忽聘君为农科教授，党人莫弗为之危。君以北京为胡虏巢穴，弗躬人其肘腋之下，安足以事扼吭？盖君于同盟会曾规划三策，其一以游说中央军队及大政治家，冀一举以推倒政府；其一遍植党人于各地，以期一地发难，首尾相顾；其一于边疆粤滇各地，时揭义旗，拴撼腹地之人心，令清廷有鞭长莫及之患。君以北京大学之聘，正可施其第一之政策，石田之获，顾在人为，虎穴虽险，奋然就道。时越正阳门炸弹之事未逾半载，清廷特设巡警部以罗党人，有斩发以至北京者，警吏莫不目为革命党，道路戒严，如临大敌。君夷然以入国门，就大学教授之任。讲业之际，民族、民权、民生之旨，时于言外及之，故其门下之识大义者最多，今参议院议长吴景濂其尤著者也。

前清肃亲王善耆，其时于亲贵中特负盛名，闻君莅京，以为学界魁杰，当引之以自重，遂多方招致，备道倾慕，言将借君通款中山，愿效革命先驱，言之殷勤，靡不娓娓动听。君知其排汉之心，较铁良为尤甚，非与委蛇，不能以拥护吾党，而北方无进行之望，乃伪与相结。时刘家运、朱子龙设日知会于武昌；胡瑛、徐镜心设东牟公学于烟台。有法国陆军中将卜加贝者，自越南将孙文书至，命君扩充同盟会于北京。以警吏之严，莫可措手，爰以善耆之事密告孙文，借以徐张党势。复书善之。时学部初立，苟持海外毕业凭证，虽初中学校者，一试学部，莫不擢身翰苑。

管学大臣孙家鼐与君有乡里之谊，又为君父承瀚之受业师，其欲嘉惠于君，意尤浓郁。君以负重任于身，不欲以腐鼠启世俗之忌，且以不为仕宦，为同党自明，遂笑而谢之。有毕业居君后，而荣显至侍郎执戟者，君则十载布衣，未一膺清廷之职。人多以土苴富贵为君婉〔惋〕惜，岂知君之心为独苦也？

萍乡义军之起也，胡瑛自天津赴汉口，以期应援，事未集而为郭尧阶者所卖，与刘家运、朱子龙同入于狱。今陆军第八镇统制季雨霖潜行来京，乞君为救。君无以为计。雨霖曰："狱已具，少迟则被戮矣。"君乃假善耆之名，致电张之洞，陈狱之冤，为乞开释，冀以少缓其死，而徐为之救；然电之伪，则不能不速以告。善耆盛气凌之。君曰："冒王之名，诚不容诛；然王曾允为革命先躯〔驱〕，今兹不允，请以家桎交法官，愿与胡瑛同死。"先是君曾厚结善耆左右，如王英、吴了等，又令其妻教授善耆之妾及其子女，至是皆以为言。爰遣刘道仁为请于张之洞，减其斩决罪为十年之监禁。

吾党是时财穷已极，《民报》至以资绌而不能印行，章炳麟益意见纷歧，以君至东，刘揆一协谋借《天讨》所载铁良之事，以术取铁良万金，为经营满洲及民报社之用。某君不知底蕴，以为君已降心虏廷，令日人北（一）辉次郎、清藤幸七郎就商于君，欲以十万金而鬻孙文之首。君即以白于刘揆一、宋教仁、吴崐、何天炯。某君恨泄其谋，令加藤位夫、吉田三郎诱君于僻隐之所，与北（一）辉、清藤朋殴之，以警察闻声，未至于死；然脑被击伤，迄今尚时疼痛，记忆之力较前为之锐减。

君八月归京，吴崐走奉天。时吴禄贞防边延吉，君告禄贞任侠，吾党满洲大事宜与相谋。吴崐走鄂多里，俟得端绪，当为策应，乃归。未旬日，知孙毓筠、权道涵等以谋毙端方未成被捕，清吏意欲加害。君闻之，啮指血书，告以利害，清廷动色，毓筠与道涵得以无死。君方私自庆幸，岂料汪荣宝已以君告密于袁世凯。其时袁新入军机，以铁良、良弼潜毁之，急欲兴大狱以自解，捕戢翼翚而驱之回籍，潜杀于武昌，犹曰："翼翚曾经留学者也。"至任文毅者，吏指为孙文，蔡钧者，吏指为党人，莫不拘捕，亟亟欲正典刑，次乃及君。五下上谕提督衙门逮捕，胥为前清太保也［世］续所救。世凯益追之急。时以苏杭甬铁路借款，江浙人士反抗尤甚。君令大学生为倡，控表于都察院，列名者至一千六百人，盖自亡清之颁卧碑二百五十年，而士气之盛，无有过于是时者。君乃乘其不备，脱走天津，而之日本。警吏杨以德、史伯龙以君之出亡，率警察要君于途，待日本使馆武官井上一雄为君剃去其须，易以渔服，浮舟自河而下，始得脱险。君于是大怒，继又思袁终我汉族，唯策略所优，若其长此显达，而不有以保持之，终不克以为吾党北方之援。大凿巨斧，以成太璞，削笔为文，直攻其隐。至当道遣三人刺之，胥索不得，复遣刘麟渡海，以侦君行为。刘麟，今海上之新剧大家，所谓木铎者是也。君居日本西京之下鸭村，知麟之至，备与周旋，更邀黄兴、宋教仁陈说革命为天经地义之为。麟为感动，唯以演剧自娱，绝足不登袁氏之门。沪军之役，山东

125

登黄之役，麟之功为尤巨云。

君居下鸭村，于镇南关、河口二役均有所筹划，而运输军械，则尤能与萱野长知、何天炯、林文合作而不贻误军机。张继以偕幸德秋水演说社会主义，日政府捕之亟，匿于君家者弥月，非君以智脱之，令走欧洲，其必与幸德秋水而同及于难。

民国纪元前之三年，君复来北京，以应陆军部之聘，编纂陆军中小学教科书。以北京有史伯龙者，为侦探长，尤仇贼吾党，若弗放逐，发展无地。适有攻蟳之者，善耆颇怒。民政部高等警察科科长朱君伟为君之门人，亦同盟会员。善耆命君伟密查伯龙行为，君乃拟稿，由君伟呈善者，奏劾之，而甚其辞，因驱伯龙回籍，否则北京不能留一党人之足迹。君既受陆军部编书之任，则悉取民族、民权、民生之旨，以沟通全国军人革命之心。而白逾桓以奉天事败，脱监来访，清督徐世昌购之亟，君为匿于休宁会馆，易其姓名曰吴操，字友石，称为君之乡人，荐于黎宗岳所开之《国报》为新闻记者。君以北方同志游者甚罕，得逾桓以为表里提携，隐约运筹，以俟外应，天下事尚足为也。《国报》后易名《中国报》，逾桓仍旧为主笔。君以欲集大事，而无军资，终不克以揭义旗。而吾党之艰窘，至是已不可名状。适君与李书城、孙元曾攫得日本秘密之图籍数十种，乃与孙元、熊承基商之，欲以鬻于俄。俄人出价百万，方谓可成，长春人臧冠三举发之。承基为清抚陈昭常所捕，谒于哈尔滨，以要击载洵也。昭常于承基行箧搜获元与承基往来书信，电达清廷，旨交民政部、提督衙门、顺天府一体严拿。孙元,一名孙铭,字竹丹,寿州人,为吾党健者,时居北京西河沿之元成店。君急往告,乃逃天津,匿孙毓筠家,以访拿亟,走日本。武昌起义之前,不知为何人所杀,君迄今痛之。

什刹海者,古称积水潭,位清监国摄政王载沣邸前。其东有小桥焉,所以疏水者也,为载沣入朝乘舆所必经。警吏忽于其下获一炸弹,伪为镇静,实则大索京师。君以告白逾桓,谓宜少避,乃未旬日,而汪兆铭、黄树中、罗纶三人被捕矣。清大学士那桐、学部侍郎宝熙议处凌迟。君谓善耆:"杀一儆百,为昔日陈言,今则民族之义深中人心,兆铭岂畏死者?徒激天下之怒。"善耆以告,载沣亦以为然,欲为保全,苦无其例。君又为言:"日本维新之初,德川家臣忧本武扬者,以叛其政府,擒于战阵,因其曾习海军,不忍刑戮,唯拘囚之,以俟悔过,而日本之海军卒为武扬所兴。人才难得,奚必逆我者而弗能用也?"爰定兆铭等以重禁锢。乃黎宗岳至是欲首白逾桓于警厅,君力营救之。宗岳曰:"此章厅丞意也。"盖自炸弹事显,逾桓以君之言,心甚忧之,疑为黄树中而促其行,树中秘之。因弹壳制自三盛合铁厂,内城左十区区官陆震适为铁厂经理,弹图尚存,适与符合,因此追迹,而遂一索而获。宗岳见逾桓、树中恒相过从,因以白章宗祥,是以益攻逾桓而不能舍。夫以兆铭之击载沣,人证确凿,必死无赦者,君尚能以三寸舌谈笑而活之,况逾桓之本无同谋者乎?宗岳知非君敌,乃使其徒党朱通孺者,蜚言兆铭之狱为君所发。君虽闻之,不以一言置辩,知者以是益敬君之为人。

山西保皇遗孽梁善济，假交［文］民人抗禁阿片，以媾兴大狱，力倾吾党。清抚丁宝铨，亦保皇党人，买宗岳之《中国报》为其机关，欲有逮捕，必先于报捏其罪而诬之，按名以索，无有幸者，若解荣辂、景耀月、王用宾、刘绵训尤掊击之不遗余力，张士秀于以下狱，荆育瓒于以访拿，严刑酷罚，三晋骚然。君为言于善耆，削宗岳警官之职，放之回籍。所不能安于太原者，多以燕市为逋逃薮，而宗岳仇君之心，由是益切。君则以苟敌吾党，虽万钧而敢抗之，而不以此介于怀也。

广州之役既败，清督张鸣岐日电民政部，告以党人尽入长江、北京。善耆密以询君。时君已得宋教仁书，知将有大举消息，故持镇静，笑谓善耆曰："党人戮者大半矣，余则尽走东南洋耳，海内寥寥，无足惶吓。观于章宗祥、金邦平等侪，当年非不气焰上冲牛斗，而一入仕途，则柔媚有若无骨者，王又何忧？建伯张皇，特以邀功者也。"善耆深信之，匪特南北纵横，党人无碍，而田桐、白逾桓、景定成、熊克武诸人经营于清廷辇毂之下，警吏非不日有所周内，善耆以君言而胥弗听。

吴禄贞、刘道仁皆以君介之人兴中会者也。武昌兵起，清廷檄禄贞以陆军第六镇调前敌，君力尼之，告以太平之战所以难成者，以北方无大兵以为之援，诚能西联晋军，以扼南北之吭，其取北京犹在掌握中，禄贞遂谢病不行。山西独立，君谓亟宜以剿山西为名，可留军之半，否则六镇尽赴湖北，君虽不行，徒手不能以为战。禄贞韪之，请命清廷，果获许可，唯以所遏之兵数只五千，不足应用。

会陆军二十镇张绍曾之兵止滦州，以挟清廷，禄贞躬往联合，议以禄贞率军攻西直门，绍贞率军攻东直门，成约而返，以九月十五日为期。禄贞军驻石家庄，用君前议，往说山西军。山西军务司长仇亮、娘子关守将姚以价以素昧禄贞之为人，阳虽许之，兵延不发。是时白逾桓亦只身渡辽，游说张、蓝二军，独君在京筹策内应，以刘道仁往禄贞军助之。而绍曾竟失约，及仇亮以晋军五百人十六日来会，而禄贞已于前一夕被戕矣。汪兆铭以是时出狱，君告以大势已得八九，清廷苟知天运，则吾党必不以周之亡商、明之亡元者以亡清也，保存虚位，何妨吾仁？人谓此为兆铭上海会议优待条件所由本云。

越日，逾桓自辽归，与君把臂痛哭，谓十载经营，将堕于一旦。然默观人心，已厌清德。今大总统袁氏为清督师，君夙知袁氏非忠于清廷者，唯虑袁氏夺以自帝，爰商白逾桓、汪兆铭、李煜瀛等，创京津同盟会于天津。以孙荣、石德纯、张国臣、陈重华游说毅军；令刘纫秋、裴梓青设秘密聚会所于宣武门外之福音堂，以招青年之奋勇者；与日本人青木山泽定购炸弹万丸，手枪百柄；以陶鸿源、蒋奇云编暗杀队；使涂冠南赍书南下，求助于上海军政府。其时汪荣则说禁卫军，丁季衡则说警察兵，丁汝彪则说游击队。清苑王佐臣有义民六万人，五虎岭张洛超有义民八千人，深州李真、冀州骆翰选有义民二万人，以刘辛、赵鼎华、江寿祺、郝濯、许润民、许笏臣、刘益之、李树榖、徐彤卿编之成军；而陆军第三镇则有林世超以为之应；又有李寿金招马杰千人，由张家口以来京；而毅军尤踊跃奋发，磨刀霍霍。人悉鼓舞、议欲直辟大清门，以擒清帝母子者。君虑纪律不齐，有乱社会秩序，列邦使馆均萃京师，万一惊及外人，非计之善；且为民军之敌者已非清廷，而世凯之子曰克定者，亦杂于其列，惧泄其谋，故十月初九日议虽决，而未遽起也。以民政部大臣赵秉钧为袁氏之所最信任，躬往说以停战媾和之道，勿为满族自相残贼，苟赞共和，则民国之大总统，岂四万万同胞之所靳惜？秉钧谓袁氏身为督师，势不能不一战，今汉阳既下，则袁君可以为辞矣。君告以苟战武昌，必有以五步而溅袁氏之颈血者。越日，清廷命唐绍仪、杨士琦为媾和大臣。

先是，北方民智不开，报多君宪党之所设。君与白逾桓、景定成谋之，非自报不足以扩势力，而资无所出，竟以毅力为之，屋无半椽，苟且将事，纸墨印刷，则赊其所相识者，文稿垒垒，以襟袖储之，盖则今之《国风日报》是也。出未逾月，风行三辅，方得僦小室于南柳巷中，以支笔砚。孰知朱通孺又已向警吏举发，指君与逾桓之名而控之，谓为革命机关。逾桓以奉天之事尚未能以其姓名而显于世，君唯力与之敌，竟获无事。然清吏终以是事，借端窘之，盖无日不在狂风骇浪之中。至武昌起义之后，尤能大声疾呼，以唤起北方人士爱戴共和之真意。君主立宪维持会会长冯国璋至以兵队架巨炮于其门，以钳制其言论，而毫弗为屈。和议匝月，相持无让，闻袁克定已以廖宇春、朱芾皇往南京，说以推戴袁氏为大总统者。君谓机不可失，与丁汝彪谋，因为草疏，劝清廷退位，由秉钧以示袁氏。

奏上，清廷开御前王公大臣秘密会议。亲贵监廷，相顾诺诺，唯载洵少持异议。君方谓共和可以告成，而袁氏忽以唐绍仪与民军签名为无效，君愤甚，此十一月二十八日东华门外炸弹所自来也。袁氏未伤，伤其乘马二匹，护卫统带袁金标以碎头而死，护兵以受伤死者七人。黄芝萌、张先培、杨禹昌为袁氏所杀。警吏封其霞公府十六号之秘密室，捕陶鸿源，以无实据而释之。君时居海岱门内麻线胡同，中夜，有日本人须佐橘治者，持械闯入，力以击君，以械为君所夺，乃逃而去。其时善耆、良弼以革命之事悉君酿成，曾悬赏一万五千金以杀君，须佐之来，盖其所遣者；而铁良亦以草退位奏稿，令其党曾广为要刺君于途，以苏锡弟预以告知，乃以获免。而君狙击之凭证，则被警吏吴钱荪所搜获，民政部秘书丁惟忠密以示君，君乃出京，以李煜瀛、易昌楣与江寿棋、林世超、赵鼎华、刘辛所议，以陆军第三镇之兵，及清苑王佐臣所属之六万人，直捣北京。君亦以毅军夙有成约。鼎华等以煜瀛、昌楣所给兵费五千不敷所用，君爰偕刘辛赴南京临时政府，谒前大总统孙文，请给资以为北方之助。妄者以君来自北方，谓为袁军间谍，非戮之不足绝患，而孙文不听，以君所请，交陆军部议允之。将授君为幽燕招讨使，会清廷赞成共和，君遂谢孙文。以安徽桑梓之邦，黎宗岳窃据皖南，应皖军政府之召，充高等顾问，而宣歙之保全，以君力为最多。

君貌俊伟，须眉奕奕，性爽直，不能容人之过。民国既成，叹世风之犹昔，而半生患难知交多埋碧血，颇欲效黄梨洲之隐南雷，收辑故人之遗迹，尽力表彰，以付后世。故南京政府之北迁，农林次长一席谓有以俾君，而君则绝莫过问云。

图书在版编目（CIP）数据

宋教仁：虽千万人 吾往矣 / 宋教仁著. -- 北京：中国文史出版社，2025.5

（百年中国名人演讲）

ISBN 978-7-5205-4375-0

Ⅰ.①宋… Ⅱ.①宋… Ⅲ.①演讲-中国-现代-选集 Ⅳ.①I266

中国国家版本馆 CIP 数据核字（2023）第 190349 号

责任编辑：薛媛媛

出版发行：	中国文史出版社
社　　址：	北京市海淀区西八里庄路 69 号院　邮编：100142
电　　话：	010-81136606　81136602　81136603（发行部）
传　　真：	010-81136655
印　　装：	廊坊市海涛印刷有限公司
经　　销：	全国新华书店
开　　本：	880×1230　1/32
印　　张：	4.625　　字数：84 千字
版　　次：	2025 年 5 月第 1 版
印　　次：	2025 年 5 月第 1 次印刷
定　　价：	48.00 元

文史版图书，版权所有，侵权必究。

文史版图书，印装错误可与发行部联系退换。